DER WIEDEREINTRITT

von Robin Krakowiak

Bibliografische Information der Deutschen Nationalbibliothek:
Die Deutsche Nationalbibliothek verzeichnet diese Publikation in der
Deutschen Nationalbibliografie; detaillierte bibliografische Daten sind
im Internet über http://dnb.dnb.de abrufbar.

© 2022 Robin Krakowiak

Herstellung und Verlag: BoD – Books on Demand, Norderstedt

ISBN: 978-3-7562-0135-8

Diese Geschichte ist meiner Geduld gewidmet.

PHASE EINS

Besonders an solchen Tagen, an denen ich, mehr oder weniger gewollt, dabei war alles Leben aus meinem weit tief unter der Erde vergrabenen Körper auszuschwitzen, konnte ich die Fäulnis der nicht ausgelebten Träume um mich herum förmlich riechen. Zweifelsohne wäre es das Beste für uns alle gewesen, hätten sich diese unzähligen betäubten Gesichter, die stets alles wollten, aber wenig zu sein schienen, bloß frühzeitig von ihren Träumen verabschiedet, denn dann wäre ihnen zumindest der feuchte Fleck erspart geblieben, den sie in Form eines *Was-wäre-wenns* zurückließen.

Na ja, was auch immer als bewusstseinserweiternde Begründung hinter ihrer Resignation stehen mochte, ich sah mich jedenfalls mit einem aufrichtigen etwas an übriggebliebener Empathie gezwungen in diese Gesichter hineinzublicken, ohne dabei jemals einen Blick erwidert zu bekommen, einer, der mir beweisen würde, dass ich vielleicht doch mit allem zuvor genannten falsch lag. Und außerdem, wenn man mal ehrlich ist, hätte ich sowieso nichts anderes tun können, denn mit einem Blick durch das U-Bahn-Fenster, hätte ich sonst noch viel weniger zu sehen bekommen. Nach ungefähr vierzig relativ sinnlos verlebten Minuten folgte ich dem müden Mob raus auf die Straße, wo ich wieder ungefilterte Stadtluft in meine Lungenflügel pumpen durfte. Der Ort, an dem das Casting stattfinden sollte, lag in einer etwas heruntergekommenen Seitenstraße, in einem Stadtteil, wo die Miete noch bezahlbar sein musste. Andere in meiner Position mochte so etwas beunruhigen, mir hingegen gefiel Besonnenheit. Vielleicht, weil mein, dem dramatischen verfallenes Herz unentwegt viel zu viel, aus viel zu wenig machte, oder zu wenig, aus dem vielen, das es hätte machen können. Was es auch war, es lag sowieso nicht mehr in meiner Hand, denn an jenem Tag musste jemand anderes über den weiteren Verlauf meines Lebens entscheiden.

Als ich dann schließlich, pünktlicher als gehofft, bei einem überaus gewöhnlichen Lagerhaus ankam und hineinging, sah es Drinnen so aus, als stecke das ganze Geld aus der gesparten Miete im Mobiliar. Wenige, aber dafür sicherlich sehr teure Möbel sorgten dafür, dass das Lager nicht wie eines aussah - und siehe da, weg war die zuvor hochgelobte Besonnenheit. Die erste menschliche Gestalt, die sich mir zeigte, hieß mich über einige Meter hinweg mit einem falschen Lächeln willkommen. Sollte es das gewesen sein, wofür diese

Empfangs-Lady am Ende des Monats bezahlt wurde, musste man neidlos anerkennen, wie gut sie diesen Teil ihrer Beschäftigung draufhatte.

„Guten Tag, sind Sie wegen des Castings hier?" fragte sie mich. Sie kam direkt zur Sache, das gefiel mir.

„Ja, genau. Mein Name ist Daniel Kosinski, Kosinski mit einem „i", und nicht etwa, wie viele immer glauben, einem „y" am Ende" erklärte ich ihr, als sie dann auf der Suche nach mir mit ihren aufgeklebten Fingernägeln auf einer Liste herumtippte, die mit unzähligen Namen der anderen *Talenten* gefüllt war.

„Ah, wunderbar, da sind Sie ja. Es dauert wohl noch ungefähr 15 Minuten bis Sie vorsprechen dürfen. Kann ich Ihnen etwas zu trinken anbieten? Einen Kaffee oder Tee vielleicht? Wenn Sie Wasser möchten, können Sie sich gerne an dem Wasserspender im Warteraum bedienen."

„Ein Wasser genügt völlig, danke" antwortete ich ihr.

„Okay, zum Warteraum geht's durch diese Tür hier. Viel Erfolg!" wünschte sie mir, und das auf eine Weise, als hätte sie es tatsächlich ernst gemeint. Der Warteraum, in den sie mich verwies, war nicht so voll, wie ich es erwartet hatte. Nur sechs oder acht, mehr waren es nicht. „Mit denen sollte ich schon irgendwie fertig werden" dachte ich, als ich einen möglichst selbstsicheren Blick in die Runde warf. Für die nächsten 15 Minuten, so zumindest mein Plan, wollte ich aber möglichst in Ruhe gelassen werden. Mit einem gewissen Restrisiko schnappte ich mir deshalb den Sitzplatz neben dem hörbar Ruhigsten von ihnen. Er sah aus wie der eine Jung-Schauspieler, ich habe seinen Namen vergessen, der einen Golden Globe für das beste Baby-Face gewonnen hatte. Ungekämmtes Haar und die Statur eines unterentwickelten 13-jährigen. Sollte er vorgehabt haben süß auszusehen, war ihm zumindest das auf überzeugende Weise geglückt.

Ich für meinen Teil, sah keinen nachvollziehbaren Grund für einen Mann süß aussehen zu wollen, aber da man mich meistens eh nicht nach meiner Meinung fragte, ließ ich auch das kampflos geschehen. Ich wusste schließlich selbst, wie ungeeignet ich war, in dieser Romantik-Komödie mitzuspielen, und dennoch stellte ich mich vor, ganz einfach, weil man sich das Recht zu wählen erst einmal verdienen musste.

„Und, aufgeregt?" fragte mich der gar nicht mehr so ruhige Bursche, der neben mir saß.

„Ne, nicht wirklich."

„Ah, ein Naturtalent, also."

„Nenn es wie du willst."

„Du wirkst etwas genervt, kann das sein?"

„Genervt? Aber nicht doch, warum sollte ich denn jetzt genervt sein? Bei dem geschmeidigen Dialog, den sie uns gestern noch geschickt haben, kann es einem doch kaum besser gehen."

„Welcher geschmeidige Dialog? Du meinst doch den hier, oder?" fragte er mich und zeigte mir den ausgedruckten Dialog, den er aus der Tasche gezückt und mir aufgefaltet vor die Nase gedrückt hatte.

„Nein, nicht dieser Dialog, das ist der Alte. Ich meine den Neuen, den sie uns gestern noch zugeschickt haben. Du weißt schon."

„Nein, weiß ich nicht. Die haben dir einen Neuen zugeschickt? fragte er mich mit einer zittrigen Stimme, die nur noch blanke Angst kannte.

„Komm schon, du wirst doch mitbekommen haben, dass die Hauptrolle neu besetzt werden soll und deshalb diejenigen, die eigentlich für die Nebenrollen vorsprechen wollten, nun mit dem neuen Dialog ihr Glück versuchen dürfen."

„Aber wieso weiß ich von all dem nichts?" Man konnte deutlich erkennen, wie ihm die unverdiente Selbstsicherheit aus dem bubenhaften Gesicht verschwand und er panisch, ohne einen Blick zurückzuwerfen auf die Toilette marschierte und die Tür hinter sich abschloß. „Die Arroganz musste ihm wohl auf den Magen geschlagen haben" dachte ich. Nachdem etwas mehr als 20 Minuten auf wundersame Weise und meditativer Stille verstrichen waren, öffnete sich eine andere Tür, eine, auf der ein Zettel mit der herben Aufschrift *Casting* klebte. Eine attraktive Frau, sie musste in ihren goldenen Fünfzigern gewesen sein, kam aus dem vermeintlichen Vorsprechzimmer hervorgetreten.

„Herr Daniel Konsky, bitte!" Man bat mich herein, wenn auch mit dem falschen Namen. Für mich dennoch Grund genug, um zu glauben, dass die Laune der Entscheider nicht allzu schlecht sein konnte. Schließlich bat man mich herein. „Beste Voraussetzung um zu enttäuschen" dachte ich.

„Hi, freut mich Sie kennenzulernen."

„Uns ebenso, komm herein" antwortete sie, als sie neben ihren Kollegen Platz nahm, die bereits an einem Tisch am anderen Ende des Raumes saßen. Eine Kamera auf einem Stativ montiert stand vor dem Tisch und war auf mich gerichtet. „Macht es dir etwas aus, wenn wir uns die Formalitäten sparen und direkt loslegen?" fragte mich die Casting-Alte, die mit genauerem Hinsehen garnicht mehr so heiß aussah.

„Nein, überhaupt nicht." Das sagte ich zwar, meinte aber sehr wohl das genau Gegenteil davon.

„Toll. Du hast den Text ja vorab bekommen. Fang an, wenn du soweit bist" sagte sie. Ich hielt einen Moment inne. Atmete einmal tief durch und warf den Text vor mein geistiges Auge - also, das versuchte ich zumindest. Ich versuchte etwas zu sehen, doch finden konnte ich nichts. Von dem vorab geschickten Text fehlte plötzlich jede Spur. Ich richtete meinen Blick auf die sicherlich sehr gespannte Jury. Ihren, mehr als gespannten Gesichtsausdrücken war zu entnehmen, dass ich wohl etwas länger als gedacht nichts von mir gegeben hatte. Spätestens jetzt war der Zeitpunkt gekommen, an dem ich mir den Totalausfall eingestehen musste. Es war passiert. Bei einem Casting vielleicht keine Seltenheit, aber mit Applaus konnte ich ebensowenig rechnen.

„Habt ihr den Text auch ausgedruckt hier?" fragte ich in einer nicht mehr kaschierbaren Verzweiflung, als ich die Situation auf sehr unbeholfene Weise zu retten versuchte. Fragend und zugleich etwas belustigt schauten sich die Entscheider für einige Sekunden des Fremdschams gegenseitig in die arroganten Gesichter.

„Tut uns leid, aber das können wir nicht machen. Das wäre den anderen Vorsprechenden gegenüber unfair"

„Die anderen sind aber nicht hier und wissen von nichts" entgegnete ich ihr ungewohnt kampflustig.

„Wie gesagt, das können wir nicht machen" antwortete sie mir in einem immer ernster-werdenden Tonfall.

Ich deutete daraus, dass ihr scheinbar die Freude an meiner Gesellschaft vergangen war, was ich natürlich sehr bedauerte.

„Gut, und was machen wir jetzt?" fragte ich sie, mit der naiven Hoffnung gerettet zu werden.

„Wir werden das Vorsprechen jetzt abbrechen müssen. Tut uns leid. Beim nächsten Mal läuft es bestimmt besser." Justitias verhurte Schwester! „Das verdrehte Urteilsvermögen lag offensichtlich in der Familie" dachte ich. Aber gut. Ich meine, was kümmerte es mich schon? Für mich war es sowieso an der Zeit zu gehen, denn meine Wäsche lag noch in der Waschmaschine und würde sehr bald anfangen muffig zu riechen. Beim Rausgehen schenkte ich dem Jüngling, der sich wieder aus der Toilette herausgewagt hatte, noch eins meiner untrainierten Siegerlächeln. Ich war davon überzeugt, dass man Erfolge stets mit anderen teilen musste, er hätte sicherlich dasselbe auch für mich getan.

Auch wenn das Spiel für mich gelaufen schien, so blieb mir noch ein vermeintlich letzter Schuss im Lauf stecken und ich war bereit, nein, entschlossen, ihn ohne Skrupel auf ein hoffentlich dankbares Ziel abzufeuern. Da die Empfangs-Lady gerade niemanden in den Arsch kroch, nutzte ich meine einzig verbliebene Chance des Tages, um nicht wie ein völliger Versager mit Nichts in den Händen in mein gewöhnliches Leben zurückzukehren.

„Hey, bevor ich verschwinde, wollte ich dich noch nach deiner Nummer fragen. Man könnte ja mal was trinken gehen. Was meinst du?" fragte ich die Alte am Empfang.

„Ähm, tut mir leid, aber ich glaube meine Freund hätte etwas dagegen. Sorry" entgegnete sie mir mit einem, besonders noch nach ihrem Maßstab gemessenen, falschen Lächeln. Was für ein gottverdammter Scheißtag!

9:31

Oh süße Morgen wie diese, für ein Lächeln zu früh, aber trotzdem ein Strahlen im Gesicht! Gleich am nächsten Morgen war das gestrige Debakel so gut wie vergessen. Man musste ja irgendwie weitermachen, nicht wahr? In meinem Fall hieß es arbeiten, arbeiten, um mir solche kostspieligen Eskapaden auch weiterhin leisten zu können. An jenem Tag hatte ich jedenfalls Glück, ich musste erst um 14:00 zur Arbeit, dafür allerdings bis der verdammte Laden seine Dauerschleifen-Musik ausgeschaltet, die Rollläden fallen ließ und mich mit einem undankbaren Tritt auf die Straße beförderte. Moment, ich korrigiere: Ich musste bereits eine Viertelstunde eher erscheinen. Fünfzehn Minuten, die, wenn man es genau nahm, niemals auf meiner Gehaltsabrechnung auftauchten.

Wie dem auch sei. Wie ich es schon aus anderen verzweifelten Momenten meines Lebens kannte, blieben mir erneut zwei Optionen, und eine schien lausiger zu sein, als die andere: Entweder ich blieb, oder sah zu, dass ich verschwand. Da ich auf das Geld angewiesen war, fühlte ich mich gezwungen zu bleiben und den Scheiß irgendwie über mich ergehen zu lassen. Auch wenn das bedeutete, dass mich das irgendwie zu einer Hure meiner eignen Existenz machte, ließ ich es passieren, und das obwohl ich mich nun wirklich nicht gerne ficken ließ. Vermutlich taten das aber auch die wenigsten von uns. Die wenigen, die es doch taten, hatten sicherlich nichts zu beklagen.

Bevor ich mich dem Laden unwiderruflich hingab und ficken ließ, nährte ich mich die letzten Meter stets mit Bedacht dem Schaufenster. Indem ich direkt durch sein hochglanzpoliertes Glas hindurchschaute, nutzte ich es zwar, wofür es gemacht wurde, jedoch tat ich dies nur, um die genaue Anzahl der Personen hinter ihm auszukundschaften. Das Ergebnis aus dieser Zählung entschied dann nicht unwesentlich über meine Laune an jenem Tag. Grundsätzlich konnte man aber wohl sagen, dass viele Menschen für viel Chaos sorgten, eins, das sich selbst mit ernstgemeinen Mühen nicht beseitigen ließ. Ich konnte nur versuchen es im Rahmen meiner limitierten Möglichkeiten konstant zu halten, und selbst das war an einem Wochenendtag schlichtweg ein Ding der Unmöglichkeit. Samstags war der schlimmste von allen Wochentagen, denn dann wurden die Kundinnen zu unkontrollierbaren Bestien, oder hatten, wie es sonst selten der Fall war, einmal die Möglichkeit Mensch zu sein.

Bereits mit dem Betreten der Ladenfläche konnte ich im Bereich der Kassen erkennen, wie entspannt die Grundstimmung sein musste. An einem Samstag, zur selben Zeit, wäre sicherlich kein Plausch untereinander möglich gewesen wäre. Doch es war noch immer Vorsicht geboten, denn wer die Frechheit aufbrachte zu sprechen, faltete nicht, und das galt in diesem ungnädigen Umfeld als unverzeihliche Todsünde. Kristen, unsere Managerin, hätte schließlich jederzeit hinter einer Kleiderstange hervorspringen und dich daran erinnern können, warum man an deiner Anwesenheit interessiert war. Eine Ermahnung war hierbei nicht das Schlimmste, das einem als Bestrafung blühte. Schlimmer war es zuzuhören, wie die eigene Vernunft dich auf

Knien darum bat, deiner Vorgesetzten nicht ins Gesicht zu sagen, wie wenig du von ihr hältst. So, wie es mir von den dienstälteren Kolleginnen überliefert wurde, bekam Kristen den Job auch nur, weil ihre Vorgängerin das Handtuch geworfen hatte, oder wie in diesem speziellen Fall, eine Kleiderstange durch das Schaufenster. Ihr wurde der Scheiß irgendwann zu viel, nehme ich an, jedenfalls konnte man es ihr nicht verübeln. Ich denke, manche Menschen brauchen nunmal etwas länger zum Aufwachen, und damit meine ich nicht das friedvolle Aufwachen am Sonntagmorgen.

Ich musste in den ersten Stock zum Aufenthaltsraum, dort, wo die Arbeiterklasse unter sich war. Patricia, eine meiner Kolleginnen saß bereits an dem kunstvoll zugemüllten Tisch, wo sie ihren selbstgerechten Salat aus einer Plastikbox futterte.

„Hey Patricia!" rief ich ihr mit einer Kraft entgegen, als hätte sie ihre Handtasche an der Bushaltestelle vergessen.

„Daniel, bist ja richtig gut drauf, was?" fragte sie mich, während ihr beim Sprechen ein ganzes Feldsalatblatt aus dem Mundwinkel hing. Ich blieb höflich und vermied es sie darauf hinzuweisen.

„Weißt du Patricia, heute habe ich keine Lust auf schlechte Laune."

„Dann solltest du am besten jetzt wieder Nachhause gehen" sagte sie.

„Hä, wieso das?" fragte ich sie überrascht. „Heute ist ein entspannter Mittwoch. Welcher Ort wäre denn jetzt schöner, als dieser hier?"

„Kristen." Gott, der Name allein ließ mich schon Angst gejagt unters Bett kriechen.

„Was ist schon wieder mit diesem seelenlosen Scheusal?"

„Frag sie am besten selbst. Sie hat es heute besonders auf uns abgesehen. Meckert nur rum, mehr als sonst sogar. Nur eine kleine Vorwarnung an dich, ich bin in zwei Stunden sowieso schon wieder weg."

„Nett von dir ...Dein Salat, Patricia, sieht übrigens ausgesprochen appetitlich aus."

„Danke" antworte sie mir, ohne zu wissen, dass ihr Salatblatt an unveränderter Stelle darauf wartete, gegessen zu werden. Man könnte sagen, dass ich bis zu meinem Schichtbeginn einen recht erträglichen Tag hatte, und mir lag etwas daran, dass es auch dabei blieb. Aber das schien Kristen an jenem Tag herzlich wenig zu interessieren.

Während meiner Arbeitszeit bewegte ich mich, so wie es von mir vertraglich gefordert wurde, in allen Bereichen des Ladens. Es gab vier, glaube ich. Eine gefühlte Ewigkeit verbrachte ich allerdings mit dem Falten von

Kleidungsstücken. Mir war schon klar, dass ich selten mit etwas anderem beschäftigt war, aber an ruhigen Tagen wurde mir das tiefer greifend bewusst, könnte man sagen. Ich denke, Enttäuschung zählte in diesem Geschäftsfeld genauso als Berufsrisiko, wie an jedem anderen Arbeitsplatz auch. Ich versuchte es deshalb so gut es eben ging hinzunehmen und erwartete stattdessen großartige Spektakel woanders. Ein anspruchsloser Job, mit einem anspruchslosem Ziel - ein möglichst kräfteschonendes Überleben.

Doch längst nicht alle Abteilungen waren mit ihren Aufgaben der Trostlosigkeit verschrieben. Einmal, an guten Tagen sogar zweimal, hatte ich während meiner Schicht das Vergnügen bei der Frauenumkleide nach dem Rechten zu sehen. Ich verfiel jedes Mal in kindliche Euphorie, wenn ich die Ladys wie ein Züchter arabischer Rennpferde zu den Kabinen begleiten durfte. Also, stets bis zur Kabine und nicht weiter. Ich verstand mich als einen seriösen *Verkaufsberater*.

Als ich meine üblichen Runden an den Verkaufstischen drehte, sah ich an einem von ihnen, der mit reduzierten Kleidungsstücken aus der Vorsaison ausgelegt war, wie eine recht ansehnliche junge Frau den Anschein erweckte, vor lauter Wahlmöglichkeiten gänzlich verloren zu sein. Nur zu gut konnte ich mich in ihr alltägliches Dilemma hineinfühlen und entschied mich deshalb zu ihr rüberzugehen, um ihr so etwas wie professionelle Hilfe anzubieten - also so professionell, wie es mir eben möglich war.

„Suchst du nach etwas Bestimmtem ...“ fragte ich sie, „oder reicht dir auch *etwas*?“

Sie reagierte mit einem unerwartet ehrlichen Lachen, und das obwohl meine Aussage nun wirklich kein Lachen provozieren sollte. Aber ich nahm es trotzdem dankend an. Ganz einfach, weil es eine verfluchte Ewigkeit her gewesen sein musste, als ich das letzte Mal in den Genuss von etwas so ehrlichem kam. „Also wenn du mich so direkt fragst, denke ich, dass mir *etwas* für den Anfang sehr wohl ausreichen könnte“ sagte sie dann.

„Weißt du, das ist gut ...“ antwortete ich ihr, „denn damit kann ich zufällig dienen.“

„Ohhhh, das muss wohl mein Glückstag sein, was? Wie wär's dann mit *etwas* kleiner?“

„Sorry, ich verstehe nicht. Kleiner?“

„Die Hose hier, gibt es sie auch in einer Nummer kleiner?“ fragte sie mich und zeigte mir die Hose, die sie in der Hand hielt. Das tat sie auf eine Art, als hätte ihre Anfrage auch nur im geringsten einen kausalen Zusammenhang zu dem zuvor gesagten. Doch nun verstand auch meine unterforderte Gehirnmasse, dass der

Flirt ihrerseits schon wieder für beendet erklärt wurde. Gut, meinetwegen, es empfiehl sich weiterhin professionell zu bleiben, also ging ich für sie ins Lager, um nach der Hose in der gewünschten Größe (*etwas* kleiner) zu suchen.

Die Planeten in unserem Sonnensystem mussten zu jener Stunde in einer günstigen Konstellation gestanden haben, oder mit anderen Worten ausgedrückt, schien es tatsächlich so etwas wie ihr Glückstag zu sein, denn von ihrem auserwählten Hosen-Modell gab es nur noch ein einziges Exemplar - nur dieses eine. Ich griff nach ihr und stellte mir vor, wie sie wohl angezogen aussah. „Nicht übel" nahm ich an und ließ mir mit dem ganzen mehr Zeit als ich für jeden anderen Kunden sonst aufgewendet hätte. Vermutlich, weil ich wusste, dass sie ohne diese Hose nirgendwo hingehen würde und ich, wenn man mal ehrlich ist, sowieso nichts besseres zutun hatte.

Als ich wieder aus der Hinterbühne in den Vordergrund trat, sollte sich herausstellen, dass ich mit meiner Vermutung recht behielt. Sie stand noch immer dort, wo ich sie in hoher Erwartung stehen gelassen hatte, geduldig und ohne jeden Ansatz von Beschwerdefreude, auf ihre Hose wartend. Kaum schleppte sich ein weiteres Biest mit ihrem erkauften Seelenfrieden wieder aus dem Laden heraus, schon überkam mich das belastende Gefühl von Nutzlosigkeit. Bei jedem noch so kurzem Kundenleerlauf, wann immer sich mir nur der Anschein einer Möglichkeit dazu bot, riss ich meine ach so kundenfreundliche Maske vom Gesicht und glotzte wie ein Besessener auf meine Armbanduhr, die offensichtlich stehengeblieben sein musste, denn der Stundenzeiger verharrte unverändert in Richtung Ausgangstür, hinter der ich mir einen interessanteren Tag herbeiträumte.

So, wie ich die umherstreifende Kundschaft einschätzte, bekam sie von meinem angestrengten Schauspiel nicht das geringste mit. Denen war, wie es schien, noch immer alles scheißegal. Sie waren nur hergekommen, und davon waren sie absolut überzeugt, um sich etwas Gutes zu tun. Vergessen waren Rechnungen, Ehestreit und Hausaufgaben, sobald sie den Laden betraten, waren nur noch die eigenen Bedürfnisse von existenzieller Bedeutung. Alles, was sie tun mussten, war bloß eine funktionierende Kreditkarte durch das Kartenlesegerät gleiten zu lassen und schon wurden ihnen alle menschlichen Makel verziehen. PEEP! Der Kassenbon wurde zu ihrem Ablassbrief.

Erkaufte Erlösung hin oder her, wer Unendlichkeit suchte, fand sie jedenfalls an diesem gottverlassenen Ort, und um diese erst so richtig erlebbar zu machen, endete mein kostbar-geglaubter Tag wie er angefangen hatte: Nämlich mit dem Falten von Kleidungsstücken.

„Habt ihr mit dem Aufräumen angefangen?" waren die ersten Worte, die ich von Kristen zu hören bekam und ihr Gesicht verriet mir beim Ausbrechen dieser wenigen Worte mehr, als ich von ihm wissen wollte. „Ich möchte, dass hier alles fertig ist, bevor ihr geht." Gehen KÖNNT, meinte sie wohl. Ich fragte mich, ob das schon alles gewesen sein konnte, schließlich waren Ansagen wie diese, gepaart mit schlechter Laune, absolut alltäglich. Nicht wirklich, was ich mir erhofft hatte, um ehrlich zu sein, aber irgendwie war alles bloß wie immer. Keine plötzliche Kündigung, keine Rettung von oben. Denen schien weiterhin egal zu sein, was mit uns hier unten passierte. Am Ende wollte ich nicht mehr, als nur Nachhause gelassen zu werden. „Reinige deine Folterwerkzeuge und mach bitte morgen weiter" flehte ich sie in Gedanken ein letztes Mal an.

Und auch ein hoffentlich letztes Mal lief Kristen durch die Gänge, um die Verkaufstische mit einer Ernsthaftigkeit zu inspizieren, als müsste sie in der Position einer Jurorin beim Internationalen Origami-Wettfalten Punkte vergeben. Als sich ihr nichts zum Runtermachen vor die strengen Juroren-Augen warf, kam sie zu uns zur Tür und ihren schmalen Lippen entglitt völlig unerwartet ein „Bis morgen". Scheiße, was war das denn? War ihr „Bis morgen" als erzwungene Höflichkeit zu verstehen, oder vielleicht doch eher so etwas wie eine unterschwellige Drohung für den nächsten Arbeitstag? Wie man es auch sah, die Geschichte sollte eine Fortsetzung bekommen, und das, obwohl sie bei Leibe keine verdiente.

11:23

Ein paar unbedeutende Erdumdrehungen später wurde ich daran erinnert, wie falsch ich doch wieder lag, als ich an charakterlosen Tagen an mir und meinem Talent gezweifelt hatte. Denn nach all den verspielten Mühen war es sehr wohltuend zu wissen, dass ich doch etwas von halbwegs-erfassbaren Wert zurückbekam. Paul, mein Agent, tat wohl doch mehr, als von ihm erwartet wurde, und zu meckern gab es für mich an jenem Tag erstmal nichts.

Für den Job, ein Werbefilm, fuhr ich mit einem angemieteten Wagen die Küste hoch, vorbei an Santa Monica und Malibu, Richtung Prismo Beach. Als ich den Asphalt mit seiner Fahrbahnbegrenzung durch meine Frontscheibe betrachtete, überkam mich die Lust das an mir vorbeiziehende Lebensgefühl durch meine Finger gleiten zu lassen. Ich ließ also das Fenster runterfahren und hoffte auf nicht weniger, als etwas von dem Meeresrauschen, das da draußen ja irgendwo zu hören sein musste. Doch alles, was auf meine Hörmuscheln traf, war bloß der Lärm vorbeifahrender Autos, und nicht zu vergessen der Wind, der sich wie immer an jeder Unruhe beteiligen musste.

Nach einer viel zu kurzen Anreise, die mich endlich wieder etwas von der Welt außerhalb meines Apartments sehen ließ, kam ich am vereinbarten Drehort an. Dort sollte es dem bösartigen Unkraut an den Stängel gehen, und das auf eine Art, die einem wahrlich den Atem wegschnitt. Chemiekonzerne geizten ja bekanntlich nicht mit ihren Mitteln, wenn es um die dringend benötigte Image-Politur ging, und das richtige Rezept hierfür schienen sie auch dieses Mal gefunden zu haben: Das dickste Haus am Ende der Straße, wo selbst eine Sackgasse auf einen verträumten Blick hinaus auf das Meer einlud.

Die Rasenfläche hätte, nebenbei erwähnt, nicht makelloser aussehen können. Vermutlich sollte der Todfeind erst nachträglich in das Idyll reingeshoppt werden. Ganz im Sinne der Werbeagentur wurden Probleme geschaffen, wo keine zu sehen waren. Eine Tatsache, die nun wirklich nichts Neues für mich entblößte, ebensowenig wie die Gewissheit, dass ich mich und meine Staralüren zurücknehmen musste. Schließlich ging es nicht um mich, denn das Herbizid war zweifelsohne der Star des Werbefilms und ich fand, dass es mir die Rolle des Helden völlig zu Recht wegschnappte.

16:32

Nach einer weiteren Ewigkeit war es dann soweit. Das schmeichelnde Licht wurde angeworfen und meine Füße nahmen auf dem gepflegten Rasen Platz, als wäre es das Bühnenparkett von dem ich immer geträumt hatte. Ich wusste nicht, was ich tun sollte, aber ich fühlte mich bereit den Scheiß zu rocken und die Maske verpasste mir den dafür benötigten Look: Hemd, Pullover und Segelschuhe, einfach alles, was Schwiegermütter und Bestatter an Männern so attraktiv finden. Noch bevor ich im Spotlight des ersten Takes glänzen konnte, nahm mich der Regisseur für ein Vier-Augen-Gespräch zur Seite.

„Hör zu Daniel. Daniel, richtig?" fragte mich der Regisseur, dessen Namen ich im Gegenzug ebensowenig kannte.

„Ja, das ist mein Name" antwortete ich ihm, so frech, wie ich es mir nur erlauben konnte.

„Fühlst du die Rolle?"

„Was genau meinen Sie mit *fühlen*?" fragte ich ihn zurück, und das, obwohl ich sehr wohl wusste, was er damit meinte.

„Ich möchte wissen, ob du dich schon in die Rolle des Protagonisten einfühlen konntest?"

„Ja, klar. Ist ja jetzt, unter uns gesagt, nicht der komplexeste Charakter."

„Um Gottes Willen, das kannst du jetzt nicht erst meinen! Verstehst du denn wie sein innerer Konflikt aussieht?! Das muss gleich zu sehen sein!"

„Innerer Konflikt?"

„Aber natürlich, um nichts anderes geht es hier!"

„Ah, ja, wenn Sie meinen."

„Ich möchte, dass sich der Zuschauer mit ihm identifizieren kann. Nur so kann der Film am Ende funktionieren. Ich bin mir nicht sicher, ob du verstanden hast, worum es hier geht."

„Doch, doch, jetzt schon. Also, ein Typ LIEBT seinen Rasen und tötet im Namen dieser Liebe das Unkraut."

„Genauuu! Ganz genau darum geht es. Er tut es nicht weil er das Unkraut hasst, sondern, weil er seinen Rasen so sehr liebt. Das ist ein entscheidender Unterschied, verstehst du jetzt? Und deshalb sieht er auch keinen anderen Ausweg. Der Rasen kann sich schließlich nicht selbst retten. Leuchtet ein, oder? Mir ist wichtig, wie du die Beziehung zwischen ihm und dem Rasen sichtbar machst. Darauf kommt es heute nämlich an. Es geht um mehr ...es geht um weit mehr als nur das Unkraut."

„Ja, da bin ich mir absolut sicher." Er wollte, dass ich einen kurzen Text, den er scheinbar kurz zuvor geschrieben hatte, in meine Performance einbaue. Nur als Back-Up, denn sprechen sollte im fertigen Clip bevorzugt ein Voice-Over. Meinetwegen, sollte er kriegen - auch wenn ich meine Stimme ganz gut leiden konnte. Der besagte Text, mit dem ich die Dringlichkeit des Tötens von subjektiv betrachtet hässlichen Pflanzen (mehr konnte man ihnen nun wirklich nicht anlasten) zu rechtfertigen versuchte, ging wie folgt:

„Wissen Sie, ich liebe meinen Garten. Wenn meine Kinder so über den Rasen rennen, während ich saftige Steaks für meine Freunde und Familie auf dem Grill brate, da kann ich mir bei Gott nicht vorstellen an einem schöneren Ort zu sein.

Doch es gibt etwas, das kann Tage wie diese, mit einer großen, dunklen Wolke überziehen. Sie kennen das sicherlich auch: Kaum bekommt der geliebte Rasen nicht die Pflege, die er verdient, da nistet sich schon uner-

wünschtes Unkraut ein, das Ihrem Rasen den Platz zum gedeihen nimmt. Dieses Teufelszeug kommt aus dem Untergrund geschossen, ohne, dass Sie es überhaupt bemerken, und ehe Sie sich versehen, gibt es nichts anderes mehr in ihrem Garten.

Schauen Sie also nicht tatenlos zu und nutzen Sie die Kraft von „Killfixx"! Nur mit „Killfixxs" patentierter Formel beseitigen Sie jedes Unkraut, von der Wurzel bis zum letzten Stängel. Behalten Sie die volle Kontrolle über ihren Rasen und sagen Sie dem Unkraut den Kampf an! „Killfixx" - Denn Ihr Rasen zeigt, wer Sie wirklich sind."

Scheiße, ja, das tat er ohne Zweifel, wie ich feststellen musste. Die Botschaft kam an, wenn auch auf äußerst fragwürdige Weise. Außer darüber nachzudenken, tat ich aber im Endeffekt nicht viel ...bis ziemlich genau gar nichts. Denn wann immer ich vor die Wahl gestellt wurde, aus Geld oder Gewissen wählen zu müssen, entschied ich mich zumeist für das hoffnungsvolle Schimmern der grünen Scheinchen. Schlecht fühlte ich mich dabei interessanterweise nie. Und das ging unzählige Male so, ohne einen mitleidigen Blick auf das zurückgelassene Gewissen. Ich meine, wenn uns das Gewissen vermitteln sollte, was richtig war, warum passierte dann nichts schlimmes, wenn wir es stumpf ignorierten? Ja, warum eigentlich? Weil es die schwächste Kraft im Universum war. Darum. Der ganze Richtig-oder-Falsch-Quatsch war nur da, damit wir uns gegenseitig im Zaum hielten. Und das klappte mehr oder weniger gut, wie ich finde.

Die Sonne senkte sich jedenfalls immer weiter Richtung violett-gefärbten Horizont, während wir einen Shot nach dem nächsten abdrehten, immer und immer wieder den gleichen. Wir waren scheinbar dabei etwas Großes zu kreieren, ohne, dass es jemand von uns am Set bemerkt hatte. Keine Ahnung, was der Regisseur im Schilde führte, aber mit perfektionistischer Detailverliebtheit hatte zumindest das, was ich von dem ganzen Theater noch mitbekam, überhaupt nichts zutun. Ich hoffte nur, dass ihm trotzdem irgendwie bewusst war, dass das Publikum, guter von scheiß Arbeit nicht unterscheiden konnte, und wenn es das doch tat, unabhängig davon eh nicht ausreichend zu schätzen wusste.

In den unzähligen Drehpausen, die den Arbeitstag zusätzlich in die Länge zogen, brachte ich nur ein, zwei nichtssagende Laute hervor, um jedem kräfteraubenden Gespräch, das nicht vom Regisseur geskriptet wurde, ein jähes Ende zu bereiten. Auf diese, so hoffte ich, unmissverständliche Weise versuchte ich den übereifrigen Crewmitgliedern mitzuteilen, wie scheißegal mir das war, was sie zu sagen hatten. Und obwohl sie mich und meine wenig charmanten Absichten von Beginn an durchschaut haben müssten, reichte den meisten die vorgegaukelte Aufmerksamkeit völlig aus - was selbst mich ein wenig verwunderte. Ich denke, sie ertrugen es einfach, weil sie jemanden brauchten, der ihnen in die ausgeheulten Augen schaute und so tat, als wären sie für irgendjemanden wichtig, sie selbst, und der Scheiß, den sie einem stets ungefragt verzapften.

Mein bescheidender Wunsch nach einem Erbarmen erzeugte jedenfalls auch nach weiteren, unzähligen Aufnahmen kein Mitgefühl. Der sich als Martyrium zu erkennengebende Werbefilm entpuppte sich zunehmend als sadistische Zahlungserinnerung für einen Preis, den ich zu Beginn noch zu zahlen bereit war. Zu Beginn war das vielleicht so, aber meine Bereitschaft hierfür, sank im Laufe des Arbeitstages mit einer unverkennbaren Deutlichkeit. Dabei war es nicht das Schauspiel selbst, das mich so sehr demotivierte. Schließlich liebte ich doch, was ich tat, oder? Es musste vielmehr die wenig romantische Tatsache gewesen sein, das alles wieder nur für etwas mehr Geld in der Tasche auf mich genommen zu haben, und das war eine Tatsache, die, wie die meisten anderen, ungemein schmerzte.

Nach getaner Arbeit und mit dem beißend-chemi-
schen Gestank von *Killfixx* in der Nase, sah ich mich
nicht mehr in der Stimmung, das Wenige, das noch von
der Nacht übrig blieb, auf dem Highway herunterzufah-
ren. Ich entschied mich stattdessen ein kleines Päu-
schen einzulegen, irgendwo auf einem Parkplatz oder
am Straßenrand, wo mich niemand im Namen des Ge-
setzes anscheißen würde. Die nächste einladende Aus-
fahrt ging es deshalb ohne zu zucken runter vom
Highway. Und kaum war das Lenkrad mit direktem
Kurs nach Vorne ausgerichtet, da warb auch schon ein
gut ausgeleuchteter Parkplatz um meine genügsame
Gunst.

Für einen, auf den ersten Blick, sehr gewöhnlichen
Parkplatz herrschte selbst für wochenendliche Verhält-
nisse erstaunlich viel Trubel. Als ich mit dem Wagen in
einer der letzten Parklücken zum Stehen kam, verstand
ich auch warum - eine Bar, auf der anderen Seite der
Straße mit dem Namen *Troublemaker*, machte auch an
jenem Samstagabend seinen Namen zum Programm
und den Parkplatz zu keinem geeigneten Schlafplatz.
Auch wenn ein Barbesuch nicht das war, was ich ursprünglich im Sinn hatte, so wusste ich bis zu dieser
unerwartet einladenden Sichtung vielleicht auch nicht,

was mein müdes Gemüt tatsächlich brauchte. Letztlich war es aber auch egal, was meine Meinung so plötzlich umschlagen ließ, ein Bier, so fand ich, machte zu jeder Tageszeit absolut Sinn.

Nachdem ich meinem Verstand erfolgreich vormachen konnte, gründlich über etwas nachgedacht zu haben, machte ich es mir auf dem Barhocker direkt an der Theke gemütlich. Da ich knapp bei Kasse war, versuchte ich jeden einzelnen Dollar, den ich in das erste Bier versenkt hatte, wie ein Bier-Sommelier, der auf eigene Rechnung arbeitete, herauszuschmecken. Vorsichtig nippte ich also, mit der Absicht das optimale Preis-Leistungsverhältnis herauszuholen, an dem Glas, als mein mit der Zeit immer träger-werdender Blick schräg gegenüber auf der anderen Seite der Theke hängen blieb. „Gottverdammt! Was für eine Erscheinung!" dachte ich, um mich gleich im nächsten Moment zu fragen, ob sie schon die ganze Zeit dort drüben saß, und das ohne, dass ich davon Wind bekam, war etwas, das ich mir nicht so recht erklären konnte. Es fiel mir jedenfalls sichtlich schwer meine Augen von ihr abzuwenden, also entschloß ich mich es bleiben zu lassen.

Ich weiß schon, natürlich sprach einiges dafür, um zu ihr rüberzugehen und sie anzusprechen, doch ich zögerte noch. Vermutlich, weil ich den Kontext um sie herum noch nicht ausreichend durchschaut hatte.

Vermutlich aber auch, aus dem nicht weniger abschreckenden Grund, dass sie bereits in Gesellschaft war. Es leistete ihr ein Pärchen mittleren Alters Gesellschaft, mit dem sie möglicherweise hergekommen war, oder erst in der Bar kennengelernt hatte. Jedenfalls fand ich es überaus seltsam, denn sie gaben ihr mehr Drinks aus, als sie trinken konnte. Es ging mich zwar nichts an, zu Denken gab es mir aber trotzdem.

Auf meiner Seite der Theke ging es währenddessen auch recht ungestüm zu, könnte man sagen. Mein Bier, so kam es mir allmählich vor, stand wie eine Sanduhr vor mir auf der Theke, während Schluck für Schluck meine *Quality-time*, oder wie man so etwas nannte, nach und nach ablief und ich sah ihr ratlos dabei zu. „Es war gewiss nicht mein bester Abend, aber sicherlich gut genug für ein weiteres Bier" dachte ich. Meinem Mut hingegen, musste es wohl zu spät geworden sein. Er ließ mich, wie einen elendigen Loser bereits vor Ewigkeiten an der Theke sitzen.

Doch wie es der Zufall so wollte, wurde so etwas wie Mut oder etwas von vergleichbarem Nutzen eh nicht mehr gebraucht, denn meine Fantasie in Übermenschengestalt verabschiedete sich von ihren scheißespendablen Gönnern und verließ die Bar ohne auch nur einen verirrten Blick an mich zu verschwenden. Alles, was ich ihr mitzugeben hatte, war ein wehmütiges „Ciao", dass ich ihr in Gedanken in das aus Porzellan gegossene Ohr flüsterte, ehe sie in eine Welt verschwand, die ohne mich hervorragend auszukommen schien.

Nach einer Weile sah ich wieder rüber, auf die andere Seite der Theke und der Hocker, den meine Angebetete arsch-warm zurückgelassen hatte, blieb trotz zunehmender Zahl der Barbesucher weiterhin unbesetzt. Ein unverkennbares Zeichen, das ich nicht noch weiter ignorieren wollte. Als ich bei ihm ankam, bestellte ich mir das voraussichtlich letzte Bier des Abends.

„Cheers!" rief ich in Richtung meines ergrauten Sitznachbarn und seiner großbrüstigen Begleitung.

„Cheers!" entgegnete er begleitet von einem Lächeln und hob dabei das noch gut gefüllte Glas Bier, das er in der Hand hielt in meine Richtung. Mit einem „Cheers!" schloß sich auch seine Frau uns an.

„Kommt ihr von hier?" fragte ich die beiden.

„Nein, wir sind nur übers Wochenende hier. Wir fahren am Montag wieder zurück nach Los Angeles" antwortet er. „Und du?" fragte er mich.

„Ja, ich auch, nur, dass ich morgen früh schon zurück muss." Ich verschwieg ihnen an dieser Stelle der Geschichte, dass ich noch am selben Abend vorhatte zurückzufahren. So erwachsen, wie die beiden aussahen, hätten sie mir sonst vergebens auf mein Gewissen eingeredet, oder schlimmer noch, kein Bier ausgegeben, und das musste nun wirklich nicht sein.

Wir unterhielten uns eine Weile über den üblichen Kram. „Was macht ihr so?", „Was mache ich so?", wir kotzten uns gegenseitig über Los Angeles und seinen Verkehr aus und rechtfertigten uns dafür, warum es einen ausgerechnet nach Santa Barbara verschlagen musste. Es waren die gleichen Gespräche, die man mit anderen Gesprächspartnern führte. Aber eines hatte ich die beiden noch nicht gefragt, und das obwohl es der eigentliche Grund für meine untypische Redseligkeit war.

„Sag mal, Jesse ..." so hieß der Typ neben mir, „wer war eigentlich das Mädel, dass vorher hier bei euch gesessen hat?"

„Oh, du meinst Chloé? Ja, die haben wir hier zufällig kenngelernt. Die war echt hübsch, oder?" fragte er mich und zwinkerte mir zu.

„Ja, das war sie. Chloé, also, hm."

„Sie war hier, um vor der Arbeit noch etwas zu essen. Aber gegen ein paar Drinks hatte sie trotzdem nichts" sagte er und lachte dabei. „Sehr nettes Mädchen."

„Wo arbeitet sie denn?" fragte ich ihn mit einem Schuss Hoffnung. Vielleicht sah ich sie ja doch wieder.

„Gleich nebenan" antwortete er.

„Ach Quatsch, gleich nebenan, sagst du? Und was ist nebenan?"

„Ein Strip Club" sagte er ohne eine Miene zu verziehen.

„Strip Club?" fragte ich ihn, um sicher zu gehen, ob ich es richtig verstanden hatte.

„Ja, in dem Strip Club nebenan."

„Und was macht sie dort? Kellnern?"

Er musste meine Aussage lustig gefunden haben. Er lachte wieder. „Nein" sagte er, „sie strippt."

„Wie, sie strippt?" fragte ich ihn noch immer verdutzt.

„Sie strippt, weil sie einen Stripperin ist."

„Ach so." Auch wenn ich mir eingestehen musste, dass die Wahrheit im Nachhinein betrachtet durchaus Sinn machte, versuchte ich mir nichts aus ihr zu machen. Nach zwei weiteren ausgegebenen Gläsern und einigen Shots passierte dann das, womit ich zwar gerechnet, mich aber dennoch etwas traurig gestimmt hatte: Meine beiden Trinkgefährten drängelten sich mit einem letzten Winken in Richtung Ausgang, wo sie in einem Nimmer-Wiedersehen verschwanden. Ein Abschied, den ich zum Anlass nahm, um ernsthaft über mein Verbleiben in der Bar nachzudenken.

Für den Entschluss rüber zu gehen, brauchte es im Grunde kaum Überwindung. Ich war nämlich fest davon überzeugt, dass ein Gespräch in einem Etablissement wie dem nebenan, nur auf professioneller Ebene geführt werden würde, was, das Risiko einer Abfuhr quasi nicht existent machte. „Na dann los!" schrie ich ziellos in die Menge der mich umgebenden Menschen, von denen sich natürlich keiner angesprochen fühlte. Unbeeindruckt von der Teilnahmslosigkeit meiner Mitmenschen haute ich die letzten Bierreste aus meinem Glas und nur wenige Meter später stand ich dann auch schon vor dem Club, der meiner vermeintlichen Traumfrau dabei half, ihren Studentenkredit abzubezahlen. Noch bevor ich mich aber an Chloés Anblick erfreuen konnte, kostete mich dieser im Alkoholrausch geborene Verzweiflungsakt 20$. Genauer gesagt waren es weitere 20$, die ich eigentlich nicht vorhatte auszugeben.

Nach ungefähr drei, mit schweren Herzens abgelehnten Angeboten ihrer nicht weniger reizenden Kolleginnen zeigte es sich mir wieder, dieses Gesicht, das mir in den duzenden Minuten, in denen ich ohne es auskommen musste, schon fast gefehlt hatte. Ich meine, womit meine Augen nun klarkommen mussten, konnte man ihnen kaum zumuten. In weißen Dessous und Einhorn-Diadem stand sie da, gewillt den anwesenden Spannern (mich inbegriffen) jeglichen Verstand zu rauben und ich dachte keine Sekunde daran, etwas an ihrem perfiden Plan ändern zu wollen. Wenn es nach meinem betrunkenen *Ich* ging, konnte sie sich ruhig nehmen, was ihr an mir gefiel und damit machen, was sie wollte. Ich gehörte voll und ganz ihr.

„Na, schöner Mann, wie wäre es mit einer privaten Show? Nur du und ich" fragte sie mich und kam mir dabei so nah, wie ich es niemals für möglich gehalten hätte.

„Nein, danke" schoss mir als Antwort, so hoffte ich, gut überlegt über die Lippen. „Aber weißt du was?" fragte ich sie zurück.

„Was denn?"

„Ich habe dich vorhin in der Bar nebenan gesehen. Du bist mir dort sofort aufgefallen, als du mit deinen Drinks zu kämpfen hattest. Eigentlich wollte ich dich ansprechen, aber aus irgendeinem Grund hatte ich dann doch nicht die Eier dazu. Wie auch immer, jetzt bin ich hier." Wider erwarten lächelte sie, aber das tat sie vermutlich nur, weil ich sie mit meinem kindischen Liebesgeständnis in Verlegenheit gebracht hatte.

„Das ist ja süß" sagte sie. „Sag Bescheid, wenn du es dir mit dem Lapdance anders überlegt hast. Er kostet dich auch nur 20$." Nur 20$? Herr im Himmel! Versuchte ihr nicht zu erklären, wie sehr ich in sie verschossen war? Doch alles, was ich stattdessen von ihr zu hören bekam war, wie gerne sie mir für weitere 20$

auf den Schoß springen würde. Obwohl mich ihr Verhalten mir gegenüber einwenig kränkte, griff ich entschlossen, oder womöglich auch ein bisschen verzweifelt nach ihrem zierlichen Handgelenk, um mich ihrem überaus großzügigen Angebot mit allem, was ich in meiner Hosentasche entbehren konnte, hinzugeben.

Man könnte doch sagen, dass ich am Ende irgendwie doch bekam, was ich mir leicht vereinsamt an der Bartheke erträumt hatte. Vielleicht bekam ich es nicht auf ewig, aber von der Ewigkeit zu kosten langweilte den Gaumen bekanntlich eh wieder nur - also, ich nahm mir jedenfalls die Freiheit heraus, dies zu glauben. Ich glaubte, wenn es so etwas wie selbst-gemachtes Leid gab, dann gab es auch ebenso viele Freuden.

4:44

Als ich es nach dem höchst unerwarteten Wahnsinn halbwegs unversehrt aus dem Laden hinausschaffte, war es bereits gegen vier Uhr morgens, oder möglicherweise noch etwas später, jedenfalls strahlten die Sterne heller, als ich es je zuvor bewusst beobachtet hatte. „Manchmal, so scheint es, folgt auf einen schlechten Start ein gar nicht mal so schlechtes Ende" sinnierte ich zufrieden vor mich hin, als ich dieses Wunder in seiner alltäglichsten Form zu genießen versuchte, eines, das sich einem immer nur dann zeigte, wenn es sich unbeobachtet fühlte. Wenig verwunderlich war hingegen, dass meine kleine Pause im versnobten Santa Barbara die Heimreise viel eher erschwert, als das sie sie angenehmer gestaltet hatte. Denn nach dem Verlassen des Strip Clubs war ich nicht nur zu müde, sondern auch noch zu betrunken, um weiter fahren zu können.

Scheiße, wozu auch nur einen Gedanken an unliebsame Konsequenzen verschwenden, wenn man wieder mal wie eine Scheibe Toastbrot mit der Marmeladenseite auf den Boden klatschen konnte. Kaum beim Auto angekommen, fiel ich völlig entkräftet, dafür aber noch immer leicht angegeilt in den Fahrersitz. Um keine Druckstellen von dem noch verbliebenen Kleingeld zu bekommen, zog ich mir die Hose aus und presste anschließend meine Augenlider so fest wie ich konnte in Richtung Erdkern, nur um nicht innerhalb der nächsten 20 Minuten aufwachen zu müssen. Doch so hart ich es auch versuchen mochte, so richtig gelingen wollte mir das nicht. Mir war scheißkalt ohne Hose und zu allem Überfluss brannten meine Augen aus einem mir unbekannten Grund. Außerdem war ich mir sicher, dass, wenn ich mich nicht augenblicklich zusammenriss und losfuhr, mir die Kalendar-Anwichser von der Autovermietung ohne zu zucken einen weiteren Tag berechnet hätten.

Die Sache galt also als entschieden. Ich ließ den Parkplatz mit meinen melodramatischen Rückleuchten zurück, als mein Bett in meiner übermüdeten Vorstellung zum wohl begehrtesten Objekt des mir bekannten Universums wurde. Statt der Straße vor mir, sah ich mich, abgeschirmt von allem Bösem, in jenes Bett mit uneingeschränkter Hingabe hineinfallen und mit der bescheidenen Bitte zugedeckt, als jemand anderes wieder aufzuwachen.

PHASE ZWEI

Ungehindert von der sogenannten Lautlos-Funktion, schaffte es das Scheißteil von Phone mich mit seinen Vibrationstänzen aus einer wohltuenden Tiefschlafphase zu reißen. Schon ein flüchtiger Blick genügte, um mir die Augen aus dem mürben Schädel zu leuchten. Ebenso, dachte ich mir, hätte ich auch direkt in die Mittagssonne hinaufblicken können, doch stattdessen blickte ich auf eine verschissene E-mail, was den Schmerz durch seine brutale Sinnlosigkeit nur noch um ein unerträgliches Vielfaches verstärkte.

Ziemlich sicher wollte mir irgendjemand wieder nur irgendetwas andrehen, was ich nicht haben, oder besser noch, abnehmen, was ich behalten wollte. Genauso wie ich immer nur dann Post bekam, wenn es Zeit wurde meine Rechnungen zu bezahlen. Da mir Spam-Mails schon den Postfach-Speicherplatz raubten und ich nicht bereit war meinen kostbaren Schlaf an diese rücksichtslosen Bastarde abzugeben, beschloß ich, dass das Löschen von E-mails auch noch bis zum nächsten Morgen warten konnte.

Auch wenn ich es stets bevorzugte langsam und mit Bedacht in den Tag zu starten, in meiner eignen unverzichtbaren Dringlichkeit, so war dann spätestens gegen 13:45 Schluss mit dem Auskosten von Lebenszeit - man brauchte mich ja schließlich zum Falten von Kleidungsstücken. Noch immer sollten derselbe Laden, dieselbe Chefin und dieselben blut-verkrusteten Folterwerkzeuge darauf warten, mir die Bedeutung von *Arbeit* wieder ein Stückchen näherzubringen.

Als ich also anfing für ein paar nichtsändernde Dollar die Stunde zu arbeiten, oder zumindest nach Außen hin versucht hatte danach auszusehen, folgte Patricia wie ein lebensmüdes Dressurpferd bereits ihrem ausgetretenem Pfad rundherum um die Verkaufstische. Trotz all der offensichtlichen Tragik, die um sie herum existierte, sah Patricia irgendwie zufrieden aus. Ich verstand bei Gott nicht wieso eigentlich, oder was genau da mit ihr passierte, aber mit so einem überaus irritierenden Anblick, der im Schwitzkasten der schwermütigen Routine geboren wurde, gleich zu Beginn meiner Schicht fertig zu werden, war nun wirklich mehr als ich ertragen und an Interesse für sie aufbringen konnte.

„Dan, wie läufts's eigentlich mit der Schauspielerei?" fragte mich Patricia, während sie Kleiderbügel zähmte, die frech aus der Reihe tanzten. „Hast schon länger nichts von erzählt. Irgendwelche vielversprechenden Filmrollen in Aussicht?"

„Vielversprechend ..." antwortete ich ihr, „vielversprechend waren schon meine Träume nicht. Also, nein, da ist nicht das geringste in Aussicht, meine liebe. Aber jetzt mal unter uns: Meistens ist es doch eh nicht, wie man es sich vorstellt - das mit den Träumen, meine ich. Man hört die Leute ständig sagen: „Du musst an deinen Träumen arbeiten, wenn du möchtest, dass sie Realität werden." Aber weißt du was? Genau das ist das scheiß Problem! Träume waren, und werden nie etwas anderes sein. Sobald man sich dazu entscheidet einen Traum zu leben, tauscht man am Ende nur eine Realität, durch eine andere aus. Ich sag's dir, verdammt soll ich sein, wenn es nicht so ist."

„Wenn du meinst" antwortete Patricia, der das offensichtlich am Arsch vorbeilief, zu welchen lebensverändernden Schlüssen ich an jenem Mittag gekommen war. „Aber wer weiß" dachte ich, vielleicht hatte sie ja recht, vielleicht war es scheißegal. Ein viel größerer Triumph war doch, dass mittlerweile alle Bügel brav in zwei Fingerbreiten Abständen an der Kleiderstange hingen. An Patricias Stelle hätte ich es in vollen Zügen ausgekostet, dieses äußerst fragile Hochgefühl, das ihr nur solange erhalten blieb, bis das nächste menschgewordene Chaos in den Laden hereinmarschierte und

47

alles, was einem etwas bedeutete, und mochte es noch so wenig sein, einfach so ungeschehen machte. Aber gut. Besonders zähe Tage, wie diese, nahm ich jedenfalls allzu gern zum Anlass, um meiner vernachlässigten Seele zu zeigen, dass sie mir sehr wohl noch etwas bedeutete. Im Zeichen meiner Wertschätzung ihr gegenüber hatte ich mir deshalb vorgenommen etwas früher Nachhause zu gehen, und eine Idee, wie es klappen könnte, hatte ich vielleicht auch schon aus dem Hut, oder wenn man so möchte, aus meiner versifften Matratze gezaubert.

Denn am Abend zuvor, während ich, wie jede Nacht, versucht hatte zu schlafen, musste sich eine Gruppe blutdurstiger Bettwanzen, ausgerechnet jene kleinen Schmarotzer, die unter ihren Artgenossen die trinkfestesten waren, auf dem Weg zur nächsten Happy Hour an der Tür geirrt haben. Von dem hemmungslosen Besäufnis zeugte dann mein geschändeter Körper am nächsten Morgen. Jede verfickte Stelle juckte, wirklich jede, außer dort, wo es Spaß machte, natürlich.

Ruby, die als Vertretung für Kristen einsprang, interessierte sich nicht im geringsten für die Geschichte über meine plötzlich auftauchende *Allergie*. Sie hörte zwar augenscheinlich zu, aber wahrscheinlich hätte ich auch ohne lügen zu müssen, um frühzeitige Haftentlassung bitten können. Ob ich hier war oder nicht, würde nichts an dem Tagesgeschäft ändern, das musste auch Ruby verstanden haben. Als sie mich dann schließlich in die herbeigesehnte Nachmittagssonne entließ und ich die warme Luft an meiner vakuumisierten Haut spürte, hätte ich voller neuentdeckter Lebensfreude einfach nur vor dem Eingang stehen bleiben können und alles wäre gut gewesen, so wie es war. Doch leider sollte auch diesmal der vermeintliche Frieden nicht länger währen, als er einem nützte. An der Bushaltestelle, an der ich mir die Wartezeit mit dem Löschen von E-mails versüßen wollte, stieß ich erneut auf jene, die bereits am Morgen meinen ohnehin schon nicht ernstzunehmenden Wecker bevormundet hatte. Sie war von Paul und wurde von ihm mit einem wichtigtuerischen „dringend" gekennzeichnet.

Ich habe ein Casting für dich klargemacht, gleich morgen um 12:00. Die Adresse schicke ich dir, sobald ich sie habe. Über die Rolle selbst kann ich dir zum jetzigen Zeitpunkt noch nicht allzu viel erzählen - halt nur soviel, dass du scheinbar dafür in Frage kommst. Sehr kurzfristig, ich weiß, aber es wird sich mit Sicherheit für dich lohnen - das habe ich im Gefühl.

Ach, im *Gefühl,* also, ja? Klang etwa so der Casting-Aufruf für die Rolle, auf die ich mein ganzes Leben gewartet ...ne, Verzeihung, hingearbeitet habe? Ganz ehrlich, der simple Rat mit der Schauspielerei aufzuhören, hätte mich am Ende vielleicht sogar noch weiter gebracht, als all die unbeholfenen Bemühungen von meinem *Möglichmacher* zusammengenommen. Meine wohlverdiente Unbeschwertheit, die ich zuvor noch geschickt aus dem Laden herausschmuggeln konnte, lief sich jedenfalls nun die Arbeitsschuhe staubig, während mir mal wieder einiges, wenn nicht sogar zu viel durch den Kopf ging. Und ich sag's dir, wann immer *zu viel* anfangen mochte, ich sorgte eigenhändig dafür, dass es von alleine auch nicht mehr aufhörte.

Ich meine, wie bereitete man sich auch auf die alles entscheidende Ungewissheit vor? Einen Skriptauszug gab es ja nicht, oder falls es doch irgendwo einen gab, reichte ihn Paul nicht an mich weiter. Und das ausgerechnet dann, wenn sich mir die äußerst seltene Möglichkeit anbot, die bescheidene Vorstellung von mir und meiner Zukunft ein weites Stück hinter mich lassen. Die gottverdammte Möglichkeit dazu, lag doch gewissermaßen in meiner Hand und ich musste im Grunde nichts weiter tun, als entschlossen genug nach ihr zu greifen.

Am Abend zuvor zeigte aber ein hilfloser Blick auf meine Hände, wie leer und unentschlossen sie in Wirklichkeit waren. Es war rein gar nichts zu sehen, nach dem ich hätte greifen können, also entschloss ich mich die deprimierende Leere auf ihnen kurzerhand mit einem Sixpack jungfräulich-versiegelter Biere auszufüllen, was dafür sorgte, dass das Unvermeidbare wenig überraschend eintraf: Die Bierflaschen unterlagen meinem unbändigen Durst nach Gelassenheit. Alle sechs Halbliter-Flaschen lagen leergepustet auf dem Couchtisch, gleich neben einem überfüllten Aschenbecher mit ausgebrannten Sorgen. Ich denke, das musste er gewesen sein, der Moment, in dem der Alkohol sein zuvor gegebenes Versprechen einhielt. Er musste gekommen sein, um mir den Arsch zu retten und ich küsste ihm mit heruntergelassener Hose die Hand dafür.

8:25

Ich wachte schon nach gewöhnlichen Nächten nicht ausgeruht auf, doch vergessen war das Gewöhnliche. Übergroße Träume, die mich mit ihrer erwartungsvollen Last zerdrückt hatten, sorgten am nächsten Morgen dafür, dass das, was ich meinem Körper noch zuordnen konnte, sich so anfühlte, als wäre nichts mehr an seinem vorgesehenem Platz, nichts funktionierte, wie es sollte. Dieselben wirren Gedanken vom Vorabend schwirrten noch immer umher und wirklich jeder noch so unscheinbare von ihnen wurde an der Kehle fixiert, damit ich ihm in die glasigen Augen schauen und fragen konnte, woher er kam, warum er hier war. Dabei spielte es für mich keine allzu große Rolle, ob diese unbequemen Gedanken überhaupt aus einem guten Grund aufgetaucht waren. Sie hatten es schlicht und ergreifend verdient beachtet zu werden, denn Ignoranz brachte einen sonst schneller unter die Erde, als so manch hinterhältige Krebs.

Nicht lange würde es deshalb auch brauchen, bis sie sich in jedem der ungenutzten Hohlräume meines Kopfes niederließen, genauso wie sie es am Tag zuvor schon getan hatten. Nur wäre es diesmal an einem noch ungünstigerem Zeitpunkt passiert, denn in nicht mehr als drei Stunden stand noch immer, und ich hatte es nicht ausreichend verdrängt, das Casting an. *Das Casting*, wenn man Paul Glauben schenken wollte, und ich wollte nicht, denn ich glaubte ihm schon nicht, wenn er mir sagte, wie spät es war.

Es war doch irgendwie immer dasselbe. Sobald man es selbst nicht besser wusste, trat der Glauben aus der dunkelsten Ecke hervor, bevorzugt aber als letztes, nachdem alles vorherige scheitern musste, schaute einfach nur zu und erregte sich an deiner Hilflosigkeit. Voller Vorfreude wartete er, bis du nicht mehr anders konntest, als mit ineinander gefalteten Fingern, um was auch immer zu flehen. Ich persönlich, hielt nicht besonders viel vom Beten, deshalb nutzte ich meine Hände, um mich meiner Probleme selbst anzunehmen. In diesem Sinne zog ich meine hoffentlich bettwanzenfreie Bettdecke weit nach oben, bis sie die Unterkante meines Kinns berührte und mein nach oben gewandter Blick suchte die Wohnzimmerdecke nach etwas ab, das sich gut zum Zeitvertreiben eignete.

Nach all den identischen Tagen kannte ich mich dort oben aus wie kein zweites Augenpaar. Wasserflecken, die wie ein abgebrochener Haifischzahn aussahen, oder vielleicht doch eher wie der Bundesstaat Maine, konnte ich selbst mit verschloßenen Augen im Geiste nachzeichnen. An dieser durchweichten Zimmerdecke erwartete ich auch diesmal nichts zu finden, von dessen Existenz ich nicht zuvor schon wusste, und trotzdem starrte ich weiter nach oben.

Dort auf dieser Couch würde ich bleiben, gewillt mich der Machtlosigkeit komplett und ohne dümmliche Gegenfrage hinzugeben, und ich war so fest entschlossen, wie ich das in den bisher verlebten Jahren viel zu selten war. Schließlich war ich davon überzeugt, dass es für mich dort draußen doch eh nichts zu holen gab, es lohnte sich nicht einen aufgewärmten Fuß hinauszuwagen. Keine ehrenhaften Pflichten und erst recht keine nennenswerten Freuden, rein gar nichts folgte auf Ausscheißen und Zähneputzen. Nichts, was ein Aufstehen rechtfertige und den ganzen Stress wert gewesen wäre. Ich blieb lieber liegen und ließ alles an mir vorbeiziehen, was den anderen die Welt bedeutete.

Na ja, es vergingen jedenfalls zwei vollendete Stunden, in denen nicht viel, bis so ziemlich genau gar nichts geschah. Ich lag noch immer an derselben Stelle meiner, für den Schlaf ungeeigneten Couch, ohne auch nur einen verfickten Mucks von mir zu geben. Denn was viele nicht wissen ist, dass der Wahnsinn oft im Stillen geschieht. Also, so scheint es zumindest von Außen betrachtet, in meinem Kopf hingegen spielte sich stets ein deutlich effektvolleres Schauspiel ab. In ihm zerbrachen prachtvolle Welten in ihre atomaren Bestandteile, und vieles andere von vergleichbarem Ausmaß geschah, von dem ich nichts zu verstehen glaubte.

„Na, und wenn schon" dachte ich, während ich unbeeindruckt auf der Couch liegen blieb, mit der Gewissheit zufriedengestellt, dass alles sowieso so bleiben würde, wie bisher. Ich denke, manches im Leben musste man einfach hinnehmen, denn ehe man sich versah, lief es von einem davon, wie eine vernachlässigte Geliebte.

Gott, die Zeit, wo war sie bloß wieder? Ich ließ sie achtlos an mir vorbeiziehen, nur um sie wenig später komplett aus den Augen zu verlieren, und das sogar so sehr, bis mir nicht etwa die Geliebte, sondern fast der Uber-Fahrer davongefahren wäre. Als der Wagen, der mich leicht verspätet zum Casting bringen sollte irgendwann zum Stehen kam, unterbrach ich meinen Monolog in Gesellschaft des Fahrers so abrupt, wie er auf die Bremse trat. Weil ich es gut mit dem Fahrer meinte, wünschte ich ihm beim Aussteigen einen erfolgreichen Tag und hoffte zumindest etwas in vergleichbarer Freundlichkeit entgegnet zu bekommen. Doch dazu kam es nicht. Was auch immer ihn nach der vermeintlich angenehmen Fahrt dazu bewegt hatte unfreundlich zu sein, es reichte seinerseits für nicht mehr als ein gleichgültiges „Bye".

„Sei es drum" dachte ich. Ich brauchte keine schmeichelnden Worte, um mit dem, was mich in Kürze erwarten würde, fertig zu werden. Das, was geschehen sollte, konnte bedeutender sein als der Tag selbst und bedeutender als der verfickte Fahrer allemal. Bevor ich in das Gebäude hintrat, hoffte ich am Empfang einem bestimmten Gesicht nicht zu begegnen. Die Empfangs-Lady mit dem fürsorglichen Freund vom letzten Casting war jemand, auf dessen Empfang ich an jenem Tag sehr wohl verzichten konnte. Beim Öffnen der unerwartet schweren Tür überraschte es mich dann schon ein wenig, als ich feststellen musste, dass mich, entgegen meiner Erwartungen, überhaupt niemand willkommen hieß. Kein abstoßend-stark gebleichtes Lächeln, noch nichtmal ein desinteressierter Verweis auf den Wartebereich, rein niemand, der mir sagte wo es lang ging.

Für einen überaus kurzen, aber leider auch sehr einflußreichen Moment kamen in mir Zweifel auf, ob ich dort, an diesem menschenleeren Ort, überhaupt richtig war. Ich meine, hatte mir Paul etwa die falschen Daten geschickt, die falsche Adresse, oder schlimmer noch, den falschen Tag? Zur Entschärfung der angespannten Situation entdeckte ich nach ein paar hilflosen Sekunden einen handbeschriebenen Aussteller mit der generischen Aufschrift: *Casting.*

Ich war zwar am richtigen Ort angekommen, aber irgendwie wirkte alles Sonstige ausgesprochen falsch auf mich. Niemand außer mir war da. Die gewöhnlichen Plastikstühle standen wie in einer Arztpraxis fein angeordnet in Position, schrieen förmlich danach benutzt zu werden, doch es saß keine einzige schweißgetränkte Hose auf ihnen. Genauso wenig hörte ich einen noch so leisen Laut die drei verschlossenen Türen durchdringen. Was auch immer das alles zu bedeuten hatte, es beunruhigte mich zunehmend. Wie ein schlachtreifes Nutztier fühlte ich mich hergetrieben, ahnungslos wartete ich nun bis es ein letztes Mal *Klick* machte und die Falle zuschnappte - was sie vermutlich schon hatte, so wie ich dort in dem leeren Wartezimmer ohne jeden erkennbaren Grund herumstand.

Gerade als ich dabei war die schwere Eingangstür mit mehr Willens- als Muskelkraft aufzudrücken, hörte ich wie sich eine der drei anderen Türen öffnete. Ein Kerl kam heraus und verschloss die Tür so behutsam hinter sich, als würde er vermeiden wollen irgendjemanden in dem Raum, in den er hinein-, bzw. aus dem er hinaustrat aufzuwecken.

„Bist du Daniel, Daniel Kos …Koskowsky?" fragte er mich mit einer ruhigen und eindringlich tiefen Stimme, nachdem er vergeblich versucht hatte meinen Nachnamen in einem kleinen, schwarzen Notizbuch zu dechiffrieren. Dass er trotz aller gutgemeinten Bemühungen nicht im Stande war meinen Namen richtig auszusprechen, störte mich mittlerweile nicht mehr. Ich war es ja bereits gewohnt.

„Kosinski, ja, der bin ich" entgegnete ich ihm.

„Du bist zum Vorsprechen hier, richtig?"

„Ja, das bin ich, Sir. Ich dachte hier ist keiner, also wollte ich wieder gehen. Tut mir leid."

„Nein, nicht doch, du brauchst dich nicht bei mir zu entschuldigen. Ich hätte die Tür auflassen sollen, das war mein Fehler. Möchtest du immer noch Vorsprechen?" Ich überlegte einen Moment.

„Sicher" antwortete ich, und das, obwohl ich mir damit gar nicht so sicher war.

„Sehr gut, na dann komm herein." Ich spürte wie sich mein Puls direkt nach dem Beenden seines Satzes in dreistellige Sphären katapultierte. Meine Selbstsicherheit hingegen verblieb weit unten, dort wo sie keiner sehen konnte. Da war sie also, meine Chance. Ich wusste aus eigner Erfahrung, wie sich das mit den Chancen verhielt. Sie interessierten sich nicht für dein momentanes Wohlbefinden, sie tauchten einfach ohne Ankündigung auf und blieben, nur um dir deutlich zu machen wie kostbar sie waren, in der Regel nie länger als sie es für notwendig erachteten. Man musste sie nutzen, ehe sie verbrannten wie ungenutztes Bratfett auf der Pfanne.

Er hielt mir die Tür auf und wartete bis ich im Vorsprechzimmer stand. Als ich einen unwiderruflichen Schritt hineinwagte, verschloss er die Tür auf die gleiche sanfte Weise, wie er es schon zuvor getan hatte. So, da stand ich nun, überhaupt nicht breit für was auch immer.„Schön, dass du für heute Zeit gefunden hast. Ich bitte nochmal um Verzeihung, ich wusste nicht, dass jemand draußen gewartet hat. Gut ..." sagte er, als er im gleichen Moment sein schwarzes Notizbuch zuschlug und dann fortfuhr. „am besten ich stelle mich zuerst einmal vor. Ich bin Simon Petruzzi, der verantwortliche Regisseur in dieser Filmproduktion. Das ist sicherlich nicht dein erstes Casting, also brauche ich dir nicht zu erklären, wie das hier normalerweise abläuft, richtig?"

„Richtig." Normalerweise vergaß ich meinen Text und bekam die Rolle nicht. Also, „fuck" dachte ich, hoffentlich würde es nicht wie *normalerweise* laufen.

„Ich muss dir aber gleich zu Beginn sagen, dass es heute nicht so ablaufen wird, wie es das normalerweise üblich ist."

„Okay, und das heißt?"

„Die Rolle, die ich zu besetzen versuche, die ist, sagen wir mal ...etwas einmaliges, wenn nicht sogar etwas ungewöhnlich. Dementsprechend verlangt sie einen sehr besonderen Charakter, der sie ausfüllen kann, verstehst du?"

„Ich bin mir ehrlich gesagt nicht ganz sicher, Sir." Ich war mir nicht nur „nicht ganz sicher", ich hatte nicht die geringste Ahnung wovon er sprach. Lief das in eine unmoralische Richtung oder was sollte dieses seltsame Rumgeplänkel?

„Verzeih mir, das mag sich bestimmt seltsam für dich anhören. Mir geht es da nicht anders ..." führte er fort. „glaub mir das. Aber du musst jetzt etwas Vertrauen in das alles hier haben. Also gut. Versuch mir eine Frage zu beantworten und bitte versuch dabei möglichst ehrlich mit dir zu sein. Bist du soweit?"

„Ja, nur zu. *Ehrlich,* ist mir stets am liebsten." Mein überragendes Schauspiel nahm nun volle Fahrt auf, denn in Wirklichkeit, hinter der mimenden Fassade, schiss ich mir nervlich bis an den Hosenbund. Von der aufkommenden Angst erschlagend, fragte ich mich, was jetzt kommen würde. Warum sollte ich ehrlich mit mir sein? Ehrlich gesagt, war es mir dann doch lieber in aller Höflichkeit zu lügen.

„Sicher?"

„Ja, sicher."

„Warum du?"

„Warum ich was?"

„Ja, warum du?"

„Tut mir leid, ich verstehe nicht."

„Du verstehst nicht?"

„Ich verstehe nicht ganz, was das soll."

„Wieso verstehst du nicht, was das soll?"

„Bei allem Respekt, Mr. Petruzzi, Sie sind der Regisseur, Sie müssten doch derjenige sein, der sich mit dieser Frage auseinandersetzt. Ich bin nur hier um vorzusprechen."

„Bist du das? Du glaubst so einfach ist das?"

„Ich weiß nicht ...ich denke schon, dass es das ist."

„Warum du?" fragte er mich erneut. So langsam ging mir das ganze ziemlich stark auf die Eier. Ich musste mich zunehmend zusammenreißen, um nicht doch noch schlagartig meine eingeredete Professionalität zu verlieren.

„Kann ich nicht einfach einen Text vorsprechen, so wie das sonst immer gemacht wird? Egal was, ich kann auch improvisieren, wenn Sie möchten."

„Das möchte ich aber nicht. Ich möchte, dass du mir meine Frage beantwortest" sagte er und schaute mich dabei so ernst an, wie man jemanden nur anschauen konnte. Ihm schien diese Frage tatsächlich überaus wichtig zu sein. Und dann sagte er es erneut: „Warum du?"

„Ganz ehrlich, ich weiß es nicht. Warum ich, warum ich ...keine Ahnung."

„Warum weißt du es nicht?"

„Ich weiß es einfach nicht. Wird das hier zu einem Vorstellungsgespräch? Warum fragen Sie mich so etwas bei einem Casting? Das macht doch überhaupt keinen Sinn, wenn ich ehrlich mit Ihnen sein darf." Und weg war die eingeredete Professionalität.

„Und ob du das darfst, ich bestehe sogar darauf. Deswegen ja auch die Frage an dich. Aber irgendwie scheinst du ehrlichen Worten dann doch lieber auszuweichen."

„Also gut, Sie wollen wissen warum ich?"

„So ist es, das möchte ich von dir wissen."

„Okay. Wissen Sie was, wenn es das ist was Sie hören wollen, dann sage ich Ihnen warum ich …Ich habe es verdient.

„Interessant. Warum hast du es verdient, was glaubst du? Warum ausgerechnet du?" Ich schüttelte nur den Kopf, als mir klar wurde, dass er noch immer nicht von mir ablassen würde. Ich atmete tief durch und versuchte mich wie ein erwachsener Mann aus dieser nervigen Befragung herauszuwinden.

„Ich denke das weiß man einfach, ob man etwas verdient hat oder nicht. Finden Sie nicht? Das ist nichts, was man in Ruhe durchdenkt. Man weiß es."

„Hm." Er nahm sich einen Moment Zeit, starrte mich immer noch in aller Ernsthaftigkeit an und erweiterte seine nichtssagende Aussage um ein „Ich glaube nicht."

„Was ist es denn, woran Sie glauben, wenn ich fragen darf?" fragte ich ihn, um den verschissenen Spieß einmal umzudrehen.

„Ich glaube, lange bevor du mir begegnet bist, hast du dir exakt dieselbe Frage gestellt. Wieso hättest du sonst mit „Ich habe es verdient" geantwortet? Weißt du Daniel, manchmal so scheint es, da läuft alles auf einen einzigen Moment hinaus ..." Der Wichser hörte gar nicht mehr auf zu reden. Dabei dachte ich ursprünglich, er wäre hier um mir zuzuhören, aber dem war wohl nicht so. „Was ich damit sagen möchte ist, manches passiert, weil es schlichtweg passieren muss."

„Sie sprechen hier von Schicksal? Verstehe ich das richtig?"

„Nenn es wie du willst, Daniel, aber ich denke du hast verstanden, was ich dir damit sagen möchte."

„Sie wollen also sagen, dass im Grunde niemand etwas im Leben verdient? Die Dinge passieren, weil sie passieren müssen?"

„Korrekt."

„Okay, das mag vielleicht Ihr sehr spezieller Blick auf die Dinge sein, ich sehe das nicht so."

„Wieso tust du das? Du glaubst also, dass sich die harte Arbeit in deinem Fall ausgezahlt hat? Du hast es verdient und jemand anderes nicht?"

„Ich habe nicht behauptet, dass ich mehr verdiene als jemand anderes."

„Doch, das hast du. Du hast härter gearbeitet, länger gelitten, also steht dir am Ende auch mehr zu. Glaubst du das wirklich?"

„Nein, natürlich nicht" antwortete ich kleinlaut.

„Gut, dann weißt du sicherlich auch, dass die meisten von uns nicht in der Position sind ihre Träume zu leben, sondern vielmehr IN ihnen leben, während andere dazu auserwählt wurden ...“

„Tut mir leid, dass ich Sie an dieser Stelle unterbreche, Sir, aber ich denke, dass ich bereits weiß, worauf Sie hier hinaus wollen und ich bin absolut nicht ihrer Meinung. Vielleicht geht's nur mir so, aber bislang dachte ich, dass ich derjenige bin, der Träume wahr werden lässt. Durch die Entscheidungen, die ich jeden Tag treffe, tue ich das. Und jetzt sagen Sie mir, dass es nicht so läuft? Dass jemand, sagen wir mal eine höhere Macht, Gott oder was auch immer, für uns bestimmt, was uns im Leben zusteht? Kommen Sie ...“

„Niemand wird dich zwingen etwas anderes zu glauben, Daniel. Das wirst du schon selbst, wenn die Zeit gekommen ist.“

„Bei allem Respekt, das bezweifle ich sehr. Aber gut, nehmen wir mal an, es ist tatsächlich so, wie Sie sagen ...welche Rolle spielen Sie dann in dem ganzen hier? Ich meine, wenn alles vorherbestimmt ist, ist ihr Urteil als Casting-Direktor dann nicht völlig unbedeutend?“

„Gut, dass du das ansprichst, Daniel. Auf eine gewisse Weise ist es das. Ich bin in meinen Entscheidungen genauso wenig frei, wie du das bist. Mein Job ist es nicht zu entscheiden, ich bin hier, um dich daran zu erinnern, wer du bist und um dir die Tür zu der Person zu öffnen, die du sein wirst."

„Sein KANNST, meinen Sie wohl." Es folgte keine Korrektur auf meine Anmerkung. Er schaute runter auf die schwarze Bindung seines Notizbuches und schwieg.

„Was ist mit deinen Armen passiert?" fragte er mich völlig aus dem Kontext gerissen, nachdem er offensichtlich ausreichend lange geschwiegen hatte.

„Ach, das hier?" fragte ich ihn und zeigte dabei auf die unzähligen rot-leuchtenden Beulen an meinen Unterarmen. „Das ist eine Allergie."

„Junge, Junge, das sieht echt nicht gut aus."

„Ja, das kann man wohl sagen, und es juckt wie Hölle."

„Wie lange bleibt das so, weißt du das?"

„Ich schätze noch so drei Tage, ungefähr."

„Ach, das geht ja. Dann solltest du zu Drehbeginn soweit sein."

„Was meinen Sie damit?"

„Was meine ich womit? Dass du wieder soweit sein wirst?"

„Nein, nicht das ...das mit dem Drehbeginn."

„Du hast die Rolle, mein Sohn, das meine ich damit." Er lachte, als hätte ihm mein Unglaube große Freude bereitet.

„Das ist jetzt nicht Ihr Ernst, oder?" fragte ich ihn, um ihm noch etwas mehr Unglaube zu seiner Unterhaltung anzubieten.

„Doch, natürlich, warum sollte es das nicht sein?"

„Okay."

„Du scheinst überrascht zu sein." Scheiße, ja, und wie ich das war! Das dachte ich natürlich nur, versuchte mir aber nichts von meiner Freude anmerken zu lassen. Ich hätte einfach niemals geglaubt, dass dieser Moment einmal kommen würde. Gehofft schon, aber nunmal nicht geglaubt. Zu oft wurde nämlich das überfette Tortenstück an mir vorbeigereicht, und während andere sich die Mägen vollschlugen, sabberte ich mir stets die Verzweiflung aus dem Maul.

„Verstehen Sie mich jetzt nicht falsch, aber wie kann ich denn die Rolle bekommen, ohne, dass Sie sich vorher von meinem Schauspiel überzeugt haben?"

„Versuch dich doch einfach darüber zu freuen und denk nicht so viel nach. Frag dich nicht warum ich mich für dich entschieden habe. Alles was du wissen solltest ist, dass die Rolle schon immer dir gehörte." Natürlich freute ich mich irgendwie, aber im selben Moment verstand ich nicht so recht wieso eigentlich. Warum ich? Schließlich fing er mit dieser scheiß Fragerei an.

„Ich weiß nicht, was ich sagen soll" sagte ich.

„Es gibt nichts, was du jetzt sagen müsstest, besonders nicht wenn dir nicht danach ist."

„Warten Sie, da wäre doch noch etwas."

„Schieß los!"

„Können Sie mir an dieser Stelle schon etwas über die Rolle selbst erzählen" fragte ich ihn. „Ich habe die Rolle zwar bekommen, aber wissen tue ich immer noch nichts darüber. Vielleicht gibt es für mich keinen Grund zur Freude. Verstehen Sie, was ich meine?"

„Nein, tut mir leid, Daniel. Zum jetzigen Zeitpunkt kann ich leider nichts darüber erzählen ...Wenn wir mit dem Dreh beginnen, wirst du erfahren, was es zu erfahren gibt." Scheiße, wieso fragte ich auch. Es passierte ja eh, was passieren musste, richtig? Ich schüttelte seine Hand, verabschiedete mich mit einem „Wir sehen uns beim Dreh!" und spazierte großspurig mit massiv angeschwollenen Eiern aus dem Vorsprechzimmer. Auf dem Weg zur Bushaltestelle nahm ich mir aber dann doch noch ausreichend Zeit, um das Erlebte durch meinen Verdauungstrakt zu schieben. „Heute war ein guter Tag" war der verdächtig gut-riechende Haufen Erkenntnis, der am Ende dabei herauskam. Und es stimmte, es war ein guter Tag.

Nach dem mehr als überfälligen Casting-Erfolg verspürte ich das mittlerweile totgeglaubte Verlangen mir etwas Gutes zu tun, oder mit den Worten eines Simon Petruzzi ausgedrückt: „Es passierte, weil es passieren musste." Da ich die viel zu kurzen Nächte auf der Couch satt war, dachte ich mir, dass eine neue Matratze mein Wohlbefinden um ein erhebliches etwas steigern könnte. So, wie es aktuell für mich aussah, musste ich mir über ungeplante Ausgaben wie diese, nicht den mit unzähligen Sorgen geplagten Kopf zerbrechen. Schon bald, und wer hätte das noch vor einpaar Tagen gedacht, würde eine regelmäßige Gage mein Konto mit ihrer Anwesenheit beehren.

Wie hoch diese Gage sein würde, wusste ich zu diesem Zeitpunkt allerdings noch nicht, ich wusste witzigerweise immer noch rein gar nichts. Aber man dürfte wohl davon ausgehen, dass es ausreichte, um wieder wie ein geduldetes Lebewesen im eigenen Bett schlafen zu dürfen. Apropos, die Bettwanzenbisse an meinen Armen verschwanden schneller als gedacht und sorgten an der Supermarktkasse für keine angewiderten Blicke mehr. Ich sah schon fast wieder hübsch aus, was vermutlich wichtiger für die Filmproduzenten war, als für mich.

Da ich immer noch kein Auto besaß, fragte ich meinen vermutlich einzigen Freund Matt, ob er mich zum nächstgelegenen Möbelmarkt fahren könnte. Ich bevorzugte es in diesem Ausnahmefall nach Hilfe zu fragen, denn ab und zu, wie ich finde, sollte jeder mal seine Bedürftigkeit mit der Welt teilen.

Wir waren gerade auf dem Rückweg, als eine E-mail von Paul auf meinem Display aufpoppte. Von ihm zu hören sorgte bei mir nie für überschwängliche Gefühle, doch dieses eine Mal konnte es nur etwas Gutes bedeuten. Eine Zusage zurückzuziehen wäre selbst für diese abgefuckte Branche eine Nummer zu unhöflich gewesen. Als ich durch vorsichtiges Scrollen den Anhang am unteren Ende der E-mail erreicht hatte, fand ich Erleichterung in der Bestätigung meiner Erwartung - es war der Vertrag. Dieses gottverdammte Dokument, mit all seinen menschenfremden Buchstaben und Ziffern sollte mir die Geborgenheit schenken, nach der ich mich an den zu vielen unbeständigen Tagen gesehnt hatte.

Instinktiv übersprang ich das einleitende Gelaber, um in den Abschnitt vorzudringen, auf den es letztendlich ankam. Ich erwartete nicht, dass die Zahl, die ich dort vorfinden würde auch nur im geringsten zum Ausgleich der Kreditkartenabrechnung ausreichte, mir genügte lediglich die beruhigende Vorstellung von zwei weiteren mahnungsfreien Wochen. Mehr wollte, und konnte ich vermutlich nicht erwarten. Zu meiner großen Überraschung standen dann in dem Abschnitt mit der an sich vielversprechenden Überschrift *Gage*, wo ich nun wirklich nichts anderes zu finden hoffte, als eben die Höhe meiner Gage, überhaupt keine Zahlen. Nichts deutete auf eine vorzeitige Bezahlung hin. Stattdessen nur ein paar unverständliche Sätze, die meisten von ihnen vergaß ich schon während des Lesens.

Bei einem Satz blieb ich jedoch hängen, es musste an der irreführenden Formulierung gelegen haben. Der Begriff *Gage* wurde dort zwar verwendet, aber nicht wofür er meines Erachtens nach vorgesehen war: „Blabla, erklärt sich bereit auf eine Gage zu verzichten ...“ Verzichten?! Ziemlich genau so stand es dort geschrieben und ich verstand bei Gott nicht, wie diejenigen, die sich für diese provozierenden Worte verantwortlich sahen, darauf kamen, dass ich auf etwas verzichten wollte?

Wieder mal enttäuscht von allem warf ich einen Blick zurück in den Rückspiegel, in dem zu sehen war, wie die Matratze, die ich erst wenige Minuten zuvor erworben hatte, sich auf neckische Weise auf der Rückbank von Matts Wagen räkelte. Mit aller Voraussicht, oder besser gesagt, ohne jegliche Voraussicht, würde dieses Scheißteil dafür sorgen, dass meine

Schulden wie ein hässliches Geschwür unaufhörlich weiterwuchsen, das nichts mit Funktion zurückließ, während das, was von meiner Geduld noch übrig blieb, ohne viel Lärm in sich zusammenfiel. Als ich mein Phone dort wieder reinschieben wollte, wo ich es herausgekramt hatte, unterbrach es mich mit einem hoffentlich unvermeidlichen Anruf von meinem sehr vermeidbaren Agenten.

„Ja?"

„Wie gut, dass ich dich erwische. Hast du die E-mail erhalten, die ich dir geschickt habe?"

„Oh, die E-mail, aber natürlich ..."

„Großartig! Dann hast du sicherlich auch den Anhang gesehen. Hast du noch irgendwelche Fragen zu den-?"

„Hör jetzt bloß auf mit der verkackten Scheiße! Ich habe keine Zeit für so etwas. Ich möchte wissen, was mit der Gage ist."

„Verstehe nicht. Was soll denn mit der Gage sein?"

„Du verstehst also nicht, was mit der Gage ist?"

„Ich verstehe nicht, was dein Problem damit ist."

„Du verstehst nicht, was mein Problem damit ist? Paul, möglicherweise ist mein Problem, dass in diesem scheiß Vertrag nichts von einer Gage steht. Und dir ist hoffentlich klar, dass ich das hier alles nur mache, um bezahlt zu werden. Das weißt du, oder?"

„Bevor du dich unnötig aufregst, Daniel, glaube ich, dass es nicht schaden kann, wenn ich dir den besagten Vertragsabschnitt einmal in Ruhe erkläre."

„Ja, bitte, klär mich auf!"

„Es steht nichts von einer Gage, weil es keine Gage geben wird."

„Verdammte Scheiße, Paul! Vielen Dank für die einleuchtende Erklärung, aber soweit habe ich auch noch durchblicken können."

„Nein, warte doch mal. Es wird keine Gage geben, weil sie dich stattdessen an den Einnahmen beteiligen wollen."

„An den Einnahmen? Welchen Einnahmen?"

„An den gesamten Einnahmen der Produktion, an allem, was der Filmen an den Kassen einbringen wird. Das steht unter dem Paragraphen, den du offensichtlich überlesen haben musst. Aber hey, das ist jetzt nicht weiter schlimm, dafür hast du mich ja schließlich, nicht wahr? Bist du ...Hallo? Bist du noch dran? Daniel?"

„Ja, ja. Kann ich dich später nochmal anrufen? Ich bin gerade unterwegs und kann deshalb nicht wirklich reden."

„Sicher. Ruf an, wann immer du willst. Bis dahin rate ich dir als dein Ag-" Ich legte auf.

„Ist alles in Ordnung, Dan? Wollen die dich nicht bezahlen oder worum geht's?" fragte mich Matt, der wohl Sorge hatte, dass ich mir sein Bier nicht mehr leisten konnte.

„Quatsch, habe alles unter Kontrolle. Ist alles wie immer, also. Sag mal, könntest du einen kurzen Umweg fahren? Es wird auch nicht lange dauern, ich muss nur etwas loswerden."

„Hm? Wo willst du hin?"

„Ich muss zum Laden und dort etwas loswerden, das ich schon viel zu lange vor mich herschiebe."

„Welcher Laden?"

„Komm schon, Matt ...der Laden, in dem ich arbeite."

„Was willst du da? Dachte du arbeitest heute nicht."

„Tue ich auch nicht. Fahr mich doch einfach nur dorthin, mehr brauchst du nicht machen."

„Ach, mehr brauche ich nicht machen? Sind Sie sicher, Miss Daisy?"

„Hah! Du bekommst schon noch dein Bier, falls es das ist, was du andeuten möchtest." Wie hart er es auch zu verstecken versuchte, ich wusste wie angepisst er auf mich war. Seine Wangen konnten nicht verbergen, was in seinem kümmerlichen Inneren vor sich ging. Er biss sich wieder auf die Zähne vor Wut, das tat er immer wenn er zu Feige war, um seinen angestauten Frust rauszulassen. Wenn es nach mir ging, konnte ihm jeder einzelne Zahn rausbrechen, mir bereitete sein kindisches Verhalten keine Zahnschmerzen. Solange er mich dorthin fuhr, wo ich hinwollte, war mir alles recht egal.

16:48

Ein flüchtiger Blick durch das Schaufenster genügte, um mir meiner Sache sicher zu sein. Der gottverdammte Laden sah aus wie immer. Ich meine, selbst die Kundinnen sahen irgendwie alle gleich aus. Ohne übermäßig übertreiben zu wollen, gleichte wirklich jede Fratze der anderen neben ihr, und der neben ihr, und der ... Scheiße, keine Ahnung, was das zu bedeuten hatte. Eines konnte ich aber mit Gewissheit sagen: Ich wollte es unter keinen Umständen zu einem meiner Probleme machen, schließlich war ich nicht aufgetaucht, um mich ein weiteres Mal dem Falten von Höschen zu verpflichten. Ich war hergekommen, um den Scheiß zu beenden, und das solange ich es noch aus eigner Kraft aus dieser ereignislosen Hölle herausschaffte. Mir selbst, und keinem anderen, schuldete ich ein besseres

Leben, eine Schuld, die ich nun mehr als bereit war zu begleichen, und dafür brauchte ich nichts weiter zu tun, als hineinzustürmen und zurückzufordern, was vor nicht allzu langer Zeit einmal mir gehörte. Mit anderen, minimal dramatischeren Worten ausgedrückt, ging es um nicht weniger, als um die Rückeroberung meiner Zukunft. Ob sich eine Rettung im großen Stil überhaupt lohnen würde, ließ sich zwar noch nicht so richtig abschätzen, aber ich war der Meinung, dass ein Versuch selbst die größte Dummheit wert gewesen wäre.

An meinen zurückgelassenen Kolleginnen wollte ich mich dabei möglichst ohne Wortwechsel vorbeischleichen. Mit ausreichend emotionalen Sicherheitsabstand winkte ich Patricia, die gerade dabei war irgendetwas zu falten, ein letztes Mal zu. Sie tat mir schon einwenig Leid, als ich sie an einem der Verkaufstische sah. So, wie sie meinen Blick mit ihren lichtabsorbierenden Augen erwiderte, musste ich sie aus etwas herausgezerrt haben, in das sie Zuflucht gefunden haben musste. Um mir dieses Elend von Perspektivlosigkeit nicht weiter mitansehen zu müssen, marschierte ich geradewegs nach oben, durch die Tür, die nur den Mitarbeitern den Zutritt erlaubte. Ein letztes Mal würde dies auch auf mich zutreffen.

„Hey Kristen, hast du einen kleinen Moment?"

„Ich habe heute nicht viel Zeit, mach schnell" antwortete sie, als wäre alles an mir bloß Zeitverschwendung.

„Wird nicht lange dauern. Ich bin nur hier, um dir zu sagen, dass ich kündige."

„Du willst was?" fragte sie mich ungläubig.

„Ich will kündigen. Wenn's geht, gerne mit sofortiger Wirkung."

„Kündigen?" fragte sie mich erneut.

„Korrekt."

„Und wieso?" fragte sie mich. Ich überlegte einen Moment, um eine passende Antwort mit Interpretationsspielraum zu finden.

„Ich habe etwas besseres gefunden" antwortete ich ihr.

„Etwas besseres also, hm ..." Es schien fast so, als hätte sie sich eine weitere Aussage verkniffen. Nach gefühlt zwei Minuten des beidseitigen Schweigens würgte sie dann doch noch so eine Art Lebewohl heraus: „Gut, wenn es das ist, was du willst, wünsche ich dir alles Gute." Sie wandte sich von mir ab, vermutlich, weil sie wichtigeres zu tun hatte. Leise und ohne jegliche Widerstände endete meine äußerst unbedeutende Karriere als *Verkaufsberater*. Um genauer zu werden, endete sie, weil ich sie enden ließ, und das war ein

Ende, das nur mir gefallen musste. Beim Verlassen des Ladens winkte ich Patricia einletztes Mal zu - ein wirklich letztes Mal. Ein zurückhaltendes Lächeln mit zusammengepressten Lippen war nach all den gemeinsamen Jahren alles, was ich Patricia beim Herausgehen zudem zurückließ. Ich war mir sicher, nie wieder würde ich einen Fuß in diesen scheiß Laden setzen. Nie wieder!

17:09

Obwohl ich im Laden keinen Gedanken an Matt verschwendet hatte, wartete dieser noch immer brav im Wagen auf mich. Ein guter Freund tat das eben für einen, oder für das Bier, das ich ihm im Anschluss gewissermaßen noch schuldig war. Unter Missachtung aller Verkehrsregeln fuhr er uns zum *Blue Collar Salvation*, damit wir es noch rechtzeitig zur Happy Hour schafften. In dieser nach Kotze und verwesten Körpern stinkenden Kneipe kippten wir uns stets einen rein, wenn uns zu wenig Geld für einen feineren Absturz blieb. Ich hatte zwar Grund zum Feiern, aber das Geld dafür ließ noch auf sich warten. Die erste Runde ging dennoch auf mich, ich hatte es ja schließlich versprochen.

„Sag mir nicht, es hätte sich nicht für dich gelohnt" sagte ich zu Matt.

„Du kennst meine Schwachstelle. Für ein Bier würde ich wirklich alles tun."

„Na, das weiß ich doch. Ich habe übrigens gekündigt. Ich war deshalb im Laden."

„Was hast du?"

„Habe gekündigt. Sowas passiert ständig, habe ich gehört."

„Aber du brauchst doch das Geld, oder etwa nicht mehr?"

„Klar brauche ich das Geld, so wie jeder andere Wichser in dieser elendigen Stadt auch. Ich bin jetzt aber Teil einer wirklich großen Sache, weißt du."

„Ach, sag mal, was denn für eine Sache?" fragte mich Matt gespannt.

„Habe ich dir von diesem Casting erzählt, bei dem ich letztens gewesen bin?"

„Nein, also zumindest erinnere ich mich nicht mehr daran."

„Na ja, egal, ist ja auch schnell erzählt. Das Casting lief halt ganz gut." Ich lachte. „Keine Ahnung, wieso eigentlich, aber es lief. Jedenfalls Ende der Geschichte ist, dass ich die Rolle bekommen habe. Über Jahre nur Scheiße abbekommen und plötzlich, siehe da, bekomme ich ne gottverdammte Hauptrolle."

„Heilige Scheiße, Dan, das sind richtig gute Neuigkeiten! Ich gratuliere!"

„Ja, ja. Ich warte halt noch ab, bevor ich komplett deswegen durchdrehe. Kann ja noch alles mögliche passieren. Du weißt ja: Was passieren kann, wird passieren."

„Recht hast du! Gekündigt hast du aber jetzt schon, du verrückter Hund."

„Scheiß auf den Job, sag ich dir. Davon gibt's an jeder Ecke welche und haben will die dadurch trotzdem keiner."

„Mag schon sein, aber bezahlen die dich denn für deine Rolle?"

„Gott, natürlich werde ich bezahlt. Du stellst auch bescheuerte Fragen. Das Geld gibt's wenn der Film abgedreht ist."

„Ja, aber wovon willst du dann leben, bis es soweit ist? Dauert so ein Filmdreh nicht mehrere Monate?"

„Darüber mach ich mir nun wirklich keine Sorgen. Das wird schon irgendwie gehen, wir leben ja schließlich in Amerika, Gottes liebstes Land. Hier bestellt man sich einfach eine Kreditkarte, wenn man kein eignes

Geld zum Ausgeben hat. Auf die gleiche Weise zahle ich dein scheiß Bier. Übrigens, gern geschehen."

„Danken tue ich dir erst, wenn du bezahlt hast, mein Bester. Sag mal, wenn wir schon mal dabei sind …warum willst du überhaupt Schauspieler werden? Ich meine, man kann sich mit so vielem das Leben schwer machen und du suchst dir das denkbar frustrierendste von allem aus."

„Ach, echt, findest du? Welche Ziele hältst du denn in meinem Fall für realistischer?"

„Dan, du weißt, dass es nicht so gemeint war. Ich wollte dich nicht angreifen oder so, aber komm schon, Hollywood? Die meisten, die es dort versuchen landen bestenfalls in einem Zelt auf einem dieser Gehwege da draußen, und das weißt selbst du. Wie Freddy, …erinnerst du dich noch an *Freddy the Face*? Der putzt jetzt Autoscheiben, wenn die Ampeln rot werden. Wusstest du das?"

„Scheiß auf *Freddy the Fuck-Face*! Der hatte eh nie genug Biss. Das habe ich ihm damals schon gesagt."

„Du weißt warum er *The Face* genannt wurde, das weißt du doch noch, oder? Dieses in Alabaster geschlagene Engelsgesicht zauberte selbst Heteros einen Harten in die Hose. Also, bevor Freddy auf der Straße gelandet ist, war das zumindest so. Jetzt fehlen dem armen Strassenköter alle Frontzähne und seine verwahrlosten Haare lagern mehr Fett als ein verschissenes Burger-Restaurant. Ich erinnere mich noch, wie er damals demonstrativ jede Alte geknallt hat, die wir uns nicht getraut hatten anzusprechen. Weißt du das etwa nicht mehr? Für Hollywood hat das alles dennoch nicht gereicht."

„Für IHN hat es nicht gereicht."

„Gott, du checkst es offensichtlich nicht. Ich meine es doch nur gut."

„Das mag schon sein, aber das ändert nichts daran, dass es dich noch immer einen Scheiß angeht, und das meine ich auch nur gut."

„Weißt du was, Dan, es ist bloß wie immer, du willst deine Wahrheit nicht hören."

Ich lachte laut heraus, sehr laut sogar. „Aber nein, nicht doch, bloß raus damit, wie steht's denn heute um MEINE Wahrheit?"

„Die Wahrheit ist, dass du am Ende wieder irgendeinen Job annehmen wirst, für den du dich für zu fein hältst. Das grundsätzliche Problem ist einfach, dass du zu viel vom Leben erwartest. Du bist unglücklich, du willst Dinge, die du nicht haben kannst. Tut mir leid, Dan, aber ich möchte dir nur eine scheiß-große Enttäuschung ersparen. Sieh das doch mal so ..." *Meine* Wahrheit ...ich fragte mich, was das überhaupt sein sollte? Und zu welchem gottverdammten Zweck sollte jeder seine eigene haben? Scheinbar, und das musste ich wohl daraus schließen, erwarteten alle anderen stets weniger von mir, als ich es selbst tat. Menschen, und das erlebte ich erneut an meiner eigenen Haut, verachteten nunmal das, was sie nicht verstehen konnten. Das musste so etwas wie ein Naturgesetz sein, glaubte ich. Noch bevor er mich mit einem weiteren verschissenen Wort dazu bringen würde, dass ich die Fassung verlor, schlug ich ihm das zu Dreiviertel volle Bierglas präventiv von der Theke. Mit einem unerwartet müden Platschen zerfiel mein *Dankeschön* an ihn zwischen unseren beiden Barhockern.

„Scheiße, was war das denn jetzt?" fragte mich Matt völlig schockiert, als hätte er mit allem gerechnet, nur nicht mit dem, was da gerade mit ihm geschah.

„Das war dein Bier, Matt, oder was glaubst du, was das war?"

„Ich weiß, was das war!"

„Gut, dann stell auch nicht so dumme Fragen."

„Und was soll ich jetzt deiner Meinung nach trinken? Ist das eine bessere Frage? Das war MEIN Bier!"

„Zuerst einmal war das nicht wirklich dein Bier. Ich war nämlich derjenige, der dafür bezahlen sollte, schon vergessen?"

„Mir egal, wer dafür zahlt! Das war MEIN Bier! Ich bin mit dir und deiner scheiß Matratze quer durch die verfickte Stadt gefahren, und weißt du warum ich das getan habe, Dan, weißt du das? Ich kann's dir gerne sagen: Weil mir ein Bier versprochen wurde. Ein Bier, mehr wollte ich von diesem scheiß Tag nicht ...nur ein frisch gezapftes BIER!"

„Mein Gott, wie du wieder übertreiben musst. Lass uns doch einfach darüber lachen und den scheiß hinter uns lassen, für nicht weniger sind wir doch auf diesem Planeten. Also, wie siehts aus, beruhigen wir uns jetzt und trinken noch ein Bier, oder steigst du Schlappschwanz vorher schon aus?" Ich merkte wie schnell ihn die Hoffnung auf ein neues Bier besänftigte. Hätte ich nur geahnt, was für Probleme er mir mit der ganzen Sache machen würde, dann hätte ich ihn niemals um Hilfe gebeten. Ich hoffte nun daraus gelernt zu haben.

„Eins könnte ich noch trinken, aber dann ist Schluss für mich. Ich muss morgen früh arbeiten."

„Aha, dann zahlst du dein Bier wohl lieber selbst. Ich will dir doch nicht den Lohn deiner Arbeit rauben."

„Sorry, was soll ich machen?" fragte mich Matt verdutzt. „Du willst, dass ich das Bier nach deiner scheiß Aktion auch noch selbst bezahle?"

„Du hast doch eben noch gesagt, dass es dir egal ist, wer zahlt. Mir allerdings nicht. Mir wär's lieber wenn du zahlst. Schließlich ging die erste Runde auf mich, schon vergessen?" Ich wusste nicht so recht, ob er zu wütend war, um etwas zu sagen oder ob ihm schlichtweg nichts einfiel, was er hätte sagen können. Er nickte jedenfalls nur mit zurückgehaltener Aggression mit dem Kopf, schaute geistesabwesend an mir vorbei, stand auf und verschwand durch die Eingangstür, die für einen kurzen Moment wieder frische Luft bis zur Theke hineinströmen ließ. „Na bitte" dachte ich, wer lief nun vor seinen scheiß Problemen davon? Ich sah nicht ein die Schuld bei mir zu suchen, schließlich war ich der Meinung nichts getan zu haben, zumindest nichts, was den ganzen Ärger wert gewesen wäre. Anders, als Matt vielleicht zu wissen glaubte, löste Höflichkeit bedauerlicherweise keine Probleme, sie mied sie nur. Genau aus diesem Grund fing ich an, auf sie zu verzichten, auf diese süßen, nichtssagenden Worte, wann immer ich es mir erlauben konnte.

Als ich mich dann mit leicht koordinationslosen Schritten hinausbewegte, rechnete ich draußen vor der Bar nicht mehr mit Matts beleidigter Visage. An der Parklücke angekommen, wo vorhin noch sein rost-zerfressener Schrotthaufen stand, war nichts, was von seiner Existenz zeugte - und von Matts Visage fehlte glücklicherweise ebenfalls jede Spur. Es blieb ihm aber noch so viel Anstand und Zeit übrig, die zusammengerollte Matratze angelehnt an der Gebäudefassade der Bar stehen zu lassen. Mich wunderte es dabei nicht im geringsten, weshalb niemand im Vorbeigehen die spontane Lust verspürte sie der Wand zu entreißen. Ich selbst hätte am liebsten die Finger von ihr gelassen, besonders noch nach dem einen Bier, das mir im falschen Moment mit Gemütlichkeit dankte.

Mit allem, was mein unsportlicher Körper zu bieten hatte, schleppte ich mich bis zur nächstgelegnen Bushaltestelle. Die Buslinie, die dort laut Fahrplan anfahren sollte, hielt wider erwarten unweit meines Apartmenthauses. Auch wenn sonst nicht viel zusammenlief, so spielte mir zumindest das in meine überaus dankbaren Schweiß-Hände. Ungefähr elf geschlagene Minuten später, als im Fahrplan angekündigt, kam der Bus dann auch vom westlichen Ende der Straße auf uns zugerollt. Seine grellen Scheinwerfer-Augen erfüllten mich beim Hineinsehen mit einer mir unbekannten Zuversicht. Es war fast so, als wären sie das rettende Strahlen eines herbeigesehnten Leuchtturms - was auch immer das konkret für mich zu bedeuten hatte. Meine Gedanken waren jedenfalls bereits zuhause angekommen, als ich die Matratze nahm und mich neben dem Scheißteil in den Bus setzte.

Während ich in mein Busfenster-Gesicht hineinstarrte, versuchte ich mir vorzustellen, wie alles bald anders sein würde, und damit meine ich keinen beschissenen Montagmorgen oder sonst irgendein Tag, der einen daran erinnerte nichts verändert zu haben. Aus irgendeinem Grund spürte ich auf fast spirituelle Weise, wie nah ich meinem neuen, hoffentlich besseren Leben war und ich fühlte mich bereit genug, um es mit bestem Benehmen Willkommen zu heißen.

PHASE DREI

Wüsste ich es nicht besser, dann hätte ich die vierundzwanzig Stunden, die im bedrohlichen Tempo auf mich zukamen, durchaus für einen Tag halten können, für den sich das Aufstehen zur Abwechslung mal bezahlt machen könnte. Doch so vielversprechend sich diese Vorstellung im Konjunktiv für mich anhörte, ich wusste im selben Moment auch, dass so ziemlich alles reizvolle im Leben nach etwas klang, solange man in Gedanken nur unverbindlich damit herumspielte. Sobald es aber ernst um das erträumte Subjekt wurde, ließ man es dann doch lieber bleiben. Lieber etwas, das alles absorbierte, das nur irgendwie nach Erfüllung klang. Schließlich starb doch alles irgendwann im Leisen vor sich hin, nicht wahr? So leise, sodass sein Klang den meisten Menschen auf ewig ungehört bleiben sollte.

Um es nicht auch noch bei mir so weit kommen zu lassen, summte ich seine Melodie wann immer ich nur konnte. Ich summte sie vorm Schlafen gehen, beim Scheißen, Pissen, beim Pissen, während ich schiss, beim Falten, Ficken und besonders oft beim Busfahren. In den Nachtlinien, wenn meine geschändeten Hände keine weitere Bluse mehr falten konnten, spürte ich die Blicke der anderen Fahrgäste, wie jeder einzelne von ihnen mich verachtete. Sicherlich dachten sie ich sei verrückt oder schlimmer noch, dämlich. Dabei waren SIE diejenigen, die den Klang der Erfüllung tagtäglich ignorierten und elendig an Durchschnittlichkeit verendeten. „Aber gut, sollten sie nur" dachte ich. Es war der erste Drehtag von wer weiß wie vielen und alles wurde auf Null gestellt.

9:00

Wirklich alle auf dem Studiogelände liefen beschäftigt herum und gaben vor jemand Unverzichtbares zu sein und jeder einzelne von ihnen war ausgesprochen gut darin - soweit ich das mit meinem laienhaften Auge beurteilen konnte, natürlich. Wie es dazu kam, dass ausgerechnet ich, der Typ, der die Zukunft der Menschheit in Taschentüchern verrotten ließ, zu einem Namen in den Credits werden sollte, blieb mir auch weiterhin ein unlösbares Rätsel. Und siehe da, da waren wir wieder: Warum eigentlich ICH?

Trotz allen selbstgenährten Unglaubens schien es aber zu stimmen, alle am Set grüßten mich höflich, sprachen mich formell mit meinem Nachnamen an. Woher sie ihn bereits kannten, wusste ich nicht. So ziemlich genau jeder, der an mir vorbeilief sagte so etwas wie: „Guten Tag Herr Kosnarski", „Schön Sie zu sehen, Herr Kinski" und „Ich freue mich schon Sie in Aktion erleben zu dürfen, Herr Koskowski." All so ein Zeug eben, und jedes Mal hatten sie meinen Namen falsch ausgesprochen. Ich meine, was konnte ich schon erwarten, schließlich sollte das doch erst der Anfang von etwas Richtigem werden.

Bevor wir mit dem Dreh beginnen sollten, musste ich laut Timetable zu einer Skript-Besprechung antanzen. Mir gebührte die längst überfällige Ehre das bisher so geheimgehaltene Drehbuch zu Gesicht zu bekommen. Was, nun wirklich kaum zu glauben war, denn noch immer hatte ich keinen blassen Schimmer, worüber dieser Film eigentlich handelte und was für eine Rolle ich in ihm spielen würde. Statt mir den hübschen Kopf noch weiter mit Unsicherheiten zu zerbrechen, entschied ich mich lieber brav mitzuspielen, so wie es die geschriebenen Seiten für mich vorgesehen hatten. Ich vergaß mich selbst, um Platz für jemand anderen zu schaffen, jemand, der hoffentlich interessant genug war, um von ihm im großen Stil zu erzählen.

Wir sollten uns in Gebäude Nr.7, dem Ort der Inszenierung treffen. Wieviele von diesen Gebäuden auf dem Studiogelände standen, wusste ich nicht. Ich muss aber gestehen, als ich in das Gebäude hineintrat und das Set, an dem wir drehen sollten, zum ersten Mal sah, überwog ein Gefühl von Enttäuschung. Was sich mir dort darbot, war nicht mehr, als die schlichte Nachbildung eines spärlich möblierten Zimmers, in dem offenkundig nicht allzu viel passieren konnte. Irgendwie erinnerte es mich sogar an meine eigene Wohnung, was nun wirklich nicht das war, was ich erwartet hatte zu sehen. Wie auch bei mir Zuhause, gaben nur wenige kraftlose Leuchtmittel dem Set seine wage angedeuteten Konturen, alles Übrige, das nicht angestrahlt wurde, versank im schwarzen, undurchsichtigen Nichts.

Ich setzte mich an den ausgeleuchteten Tisch, der punktgenau in der Mitte des Sets stand. Neben einer sehr alten Schreibmaschine, sie musste, so schätze ich, aus den 50er Jahren gestammt haben, lag ein Heft. Zögerlich, schon fast schüchtern strich ich mit meinen Fingerkuppen über den leicht angerauten Heft-Umschlag, der in einem unnormal kräftigen Rot erstrahlte. Ich weiß, es klingt seltsam, aber es war fast so, als würde es mich darum bitten, es aufzuschlagen. Es flehte mich förmlich an. Es wollte nichts lieber, als meine neugierige Hand spüren, wie sie es aufschlug, seinen Inhalt vor meinen ebenso neugierigen Augen entblößte.

Gerade, als ich dabei war es aufzuschlagen, riss ein Aufblitzen des Tageslichts meine Aufmerksamkeit ungefragt an sich. Eine Flut an Lichtpartikeln strömte wie ein ausgelaufener Eimer perlweißer Farbe über den grauen Betonboden und die Umrisse einer vom zu vielen Sitzen gezeichneten Statur war das, was die tüchtige Aussenwelt hinter der geöffneten Tür hervorbringen sollte.

„Mach es dir gemütlich, Daniel, dies hier wird dein neuer Arbeitsplatz für die nächsten Wochen sein" rief mir Petruzzi mit weit ausgebreiteten Armen entgegen - eine Geste, die auf die Pracht des Filmsets hinweisen sollte. „Gefällt dir, was das Team hier aufgebaut hat?"

„Freut mich Sie zu sehen, Mr. Petruzzi" antwortete ich ihm in aller erzwungener Freundlichkeit, als ich im gleichen Moment vom Stuhl aufstand, um ihm die Hand kräftig zu schütteln. „Es gefällt mir, sicher."

„Wie ich sehe, hast du das Drehbuch bereits entdeckt."

„Ist das da etwa das Drehbuch?" fragte ich ihn und zeigte mit leicht abwertender Energie auf das wirklich absurd rot-leuchtende Heft. „Aber ist es nicht einwenig zu dünn dafür? Oder wird das hier ein Kurzfilm? Davon hat mir mein Agent nichts erzählt. Gottverdammt, natürlich hat er es nicht ..."

Petruzzi lachte, als gleich darauf eine ziemliche ernste Miene folgte. „Nein du hast schon recht, für einen richtigen Kinofilm wäre es zu dünn. Es ist so dünn, weil uns immer nur das Skript für die zu drehende Szene vorliegen wird."

„So?"

„Selbst ich weiß nicht mehr, als in diesem roten Heft steht. Wir werden uns von Szene zu Szene arbeiten müssen. Das ist ungewöhnlich, aber so wollte es der Drehbuchautor."

„Gut, soll mir recht sein. Und wann fangen wir mit dem Dreh an?"

„Gleich heute, nachdem wir es einmal zusammen durchgegangen sind, und wenn du dich sicher genug fühlst, um loszulegen."

„Gleich heute, im Ernst? Aber was ist mit meinen Sprechzeilen? Muss ich die nicht vorher einstudieren?"

„Das wird nicht notwendig sein. Es wird nämlich keine Dialoge geben, sondern ausschließlich Monologe, welche wir mit dir im Off separat aufnehmen werden."

„Hm ...Okay."

„Wollen wir einen Blick hineinwerfen?" fragte er mich und schnappte nach dem zweiten Stuhl, der neben mir am Esstisch stand.

„Ich vermute, wir haben keine andere Wahl" antwortete ich ihm mit einem beigefügten schelmischen Lächeln.

„Die haben wir nie" antwortete er wieder auf diese seltsame Weise, wie er das schon bei dem Casting getan hatte. Danach griff er nach dem roten Heft und legte es mir so hin, damit ich gut aus ihm lesen konnte. Da lag es nun vor mir, das rote Prachtstück. Ich schlug es auf, so behutsam, wie ich nur konnte und sah, wie die Überschrift *ADAMSSON* die erste Seite zierte. So also, sollte der Film heißen, in dem ich meine erste große Hauptrolle spielte - *ADAMSSON*. Genau genommen, war das aber auch die einzige Rolle, die es in diesem Film zu Besetzen gab. Petruzzi erklärte mir, dass ich als einziger Schauspieler vor der Kamera stehen sollte. Eine One-Man-Show in einem Einzimmerapartment.

Über Adamsson, die Figur, die ich in diesem banalem Drama verkörpern sollte, war kaum etwas bekannt. Das wenige, über das ich unterrichtet wurde, war etwas von seiner täglichen Routine, doch über seinen Background, ausgerechnet das, was ihn zu der Person machte, die er war, wusste ich nichts. Ich wusste stattdessen, dass er jeden Tag gegen 18:45 Nachhause kam, allerdings wusste ich nicht, wo er woher gewesen war und was er beruflich machte - vorausgesetzt er hatte überhaupt einen Job. Ich wusste, dass er eine Portion

Penne-Nudeln mit Tomatensoße für exakt 3 Minuten in die Mikrowelle warf und sich billigen, nach Essig stinkenden Rotwein in ein vom Vortag verdrecktes Glas einschenkte. Ich wusste, dass er das jeden Abend so machte. Selbst die Geschmacksvariante der Soße änderte sich nie.

Und dann, um Punkt 19:06, keine Minute früher und unter keinen Umständen später, setzte er sich, so wie er es unverändert an jedem Abend der Woche tat, an den Esstisch, aß seinen zu lang aufgewärmten Teller Nudeln, leerte das erste Glas und fing an, an der alten Schreibmaschine loszuschreiben, bis seine Finger vom Tippen ertaubten. Das Meiste, was er auf die unzähligen Papierblätter hämmerte, war so gut er nur konnte herbeifantasiert. Für einige andere Geschichten hingegen, fand er Inspiration in seinem eignen, oftmals ereignislosen Leben, oder in Situationen, die er in der Welt außerhalb seiner Wohnung beobachtet hatte. Situationen, die irgendwie so passierten und es irgendwie auch doch nicht taten.

Wir knüpften uns zunächst die Einstellungen vor, die mich in meinen sich auf ewig wiederholenden Bewegungsabläufen portraitierten. Einstellungen, in denen ich zu müde zum Leben in der Wohnung umherstreifte, das abendliche Gericht achtlos in der Mikrowelle verenden ließ und mir etwas von dem scheußlichen Pinot Noir zum Auflockern der Handgelenke einschenkte. Anders als gedacht, befand sich in der Flasche übrigens echter, wie im Drehbuch beschrieben, beschissen riechender Wein und nicht etwa bereits abgelaufener Traubensaft im Sonderangebot, so, wie es möglicherweise sonst auf Filmsets, wie diesem, üblich war.

Wie dem auch sei, das ganze ging erstmal genauso weiter. Wir nahmen etliche Einstellungen auf, die, soweit ich es beurteilen konnte, nicht im geringsten von einander zu unterscheiden waren. Ich denke, wir filmten deshalb jeden möglichen Scheiß, nur damit der große Petruzzi das lästige Entscheiden auf irgendwann später verschieben konnte. Nachdem der ganze, für die Story unbedeutende Kram seinen Platz in einer der zahlreichen Speicherkarten gefunden hatte, bat man mich am Esstisch Platz zu nehmen. Alles, was am Set gebraucht wurde, stand bereit und wartete darauf, dass ich es auch wurde. Eine Tatsache, die einen schon einwenig nervös machen konnte, wenn man es nur zuließ.

Jedenfalls lag es nun an mir, dem Fremdkörper von Zeilen das bisschen Glaubwürdigkeit zu schenken, die er bitter nötig hatte. Zweimal atmete ich ordentlich durch, um meinem Herzen einzubläuen, dass es nichts schlimmes zu befürchten hatte. Als ich glaubte soweit zu sein (ich meine, wann war man schon soweit?), gab ich Petruzzi ein Zeichen, um mit der Aufnahme loszulegen. Das Zeichen, das ich mit ihm abgesprochen hatte, war nichts ausgefallenes, nur ein stinknormaler Daumen, der nach oben zeigte. Kaum war der Daumen wieder unten, da schrie Petruzzi ein übertrieben-energisches „ACTION!" heraus, bei dem ich, leicht beschämt zugeben muss, minimal zusammenzuckte.

Ich fing also an zu schauspielern, oder tat das, was ich glaubte unter *Schauspiel* zu verstehen. Indem ich mich im Rahmen meiner begrenzt emphatischen Möglichkeiten in diesen Adamsson hineinfühlte, fragte ich mich, was ein realitätsferner, vereinsamter Träumer inmitten einer Sinnkrise an meiner Stelle tun würde. Ich hatte nicht die geringste Ahnung, deshalb hielt ich mich zunächst an das Offensichtliche, und nahm an, dass er damit anfangen würde ein leeres Blatt Papier in die Hand zu nehmen, um es dort hineinschieben, wo es meines Erachtens nach hineingehörte. Als das soweit erledigt war, drückte ich ekstatisch mit einem Tastendruck nach dem anderen die Tinte auf das Papier und mit den verbliebenen Fingern klammerte ich mich an das vermeintliche Weinglas, damit das kreative Schreiben, oder das *So-tun-als-ob*, leichter von der Hand ging.

Ich sage *vermeintliches* Weinglas, weil die Set-Designerin sich für ein gewöhnliches Trinkglas entschieden hatte, was, wenn es nach mir ging, natürlich völlig genügte. Dieser bestialische Wein wäre sicherlich auch nicht zu retten gewesen, wenn man ihn stattdessen in ein dafür vorgesehenes Glas gekippt hätte. Mit einem ordentlichen Schluck kippte ich direkt das ganze Gesöff herunter, um mich dem unangenehmsten Teil der Rolle anzunehmen: Dem inneren Monolog, den ich parallel zum Schreibmaschinen-Getippe murmelnd in die Welt hinaustragen sollte.

Gott weiß, dass ich schon immer vieles war, aber manchmal, da kam es mir so vor, war ich gar nichts von all dem, was ich glaubte zu sein. So auch an jenem besonders seelenverachtenden Wochentag, als ich in meine kleine, mit uninteressanten Dingen zugestellten Wohnung zurückkehrte, in einer Stadt, die außer Jobs nicht viel mehr zu bieten hatte, wo abgesehen von einer Portion Penne-Nudeln mit Soße (wie auch sonst immer mit

Tomatensoße), die auf Zimmertemperatur abgekühlt gleich neben der Spüle stand, nichts und niemand auf mich wartete.

Zwar verschwand auch an jenem Abend mit jedem Bissen auf die Gabel ein Stück weit das Magengrummeln, aber die Zweifel in mir, über das Leben, das ich wählte, blieben zäh und unverdaulich. Zweifel, die nur eins konnten, nämlich dafür sorgen, dass überhaupt nichts passierte. Ich wusste nicht wieviel Zeit letztendlich vergangen war, aber ich musste schon eine ganze Weile gedankenversunken vor einem restlos leergeputzten Teller am Tisch gesessen haben, als mir auffiel, dass es draußen bereits dunkel war und ich nicht mehr durch das sowieso schon verdreckte Fenster hinausblicken konnte. Statt raus auf die nächtliche Laternenlandschaft, schaute ich in die diffusen Umrisse meines eignen Spiegelbildes und sah dabei nicht viel mehr, als einen müden Mann, der schon immer zu viel wollte.

Das war vermutlich eines meiner größten Probleme, wenn wir schonmal bei dem unangenehmen Thema der Selbstreflexionen sind. Denn schon seit längerem hatte ich mir etwas vorgenommen, das ich mir bisher nicht zugetraut hatte: Ich hatte vor ein Drehbuch zu schreiben, eine Geschichte über einen Mann, der nicht so viel anders war, als ich selbst ...

„CUT! Wir drehen nach einer kurzen Pause weiter. Gute Arbeit, Leute" brüllte Petruzzi mitten in die Szene und das ausgerechnet dann, als ich gerade damit anfing mich in die Rolle hineinzufühlen.

„Moment, Mr. Petruzzi, war das denn in Ordnung so, mit meinem Schauspiel, meine ich?"

„Ja, alles bestens, Daniel. Genauso geht's bitte nach der Pause weiter" antwortete er. Das war tatsächlich alles, was er zu meiner Performance zu sagen hatte, bevor er wer weiß wohin verschwand. Sein gefühlt dahingesagtes Feedback, stellte mich, im trügerischen Schein seiner gutgemeinten Bedeutung, nichtmal im Ansatz zufrieden. Ich meine, wie auch? Was zum Teufel sollte ich auch mit so einem „alles bestens" anfangen? Das war keine konstruktive Kritik an meiner Performance, das war überhaupt nichts.

Zweifelsohne, so dachte ich mir, musste es sich bei meinem sonderbaren Filmerlebnis, um eines dieser dahingesagten Werbeversprechen handeln, das sich gerade noch so, mit abnehmend starker Stimme *Traumfabrik* nannte und gebrochen wurde, damit auch mal Idioten wie ich von etwas enttäuscht werden konnten. Denn von ihrem unvergleichlichen Glanz, der uns seit jeher die abwegigsten Dinge erwarten ließ, blieb höchstens noch die Gewissheit, dass es ihn einmal gegeben haben musste. „Gut, meinetwegen" dachte ich. Da von mir eh nichts gescheites erwartet wurde, konnte ich mich ebenso auch beim Catering nutzlos fühlen.

Zu meinem Bedauern kam es nicht oft vor, dass mir jemand, ohne darum bitten zu müssen, die ewig bleibende Last des Kochens abnahm. Genau aus diesem Grund würde es mir deshalb nicht allzu schwer fallen den offerierten Frass, scheißegal, wie beschissen er auch schmecken mochte, durchaus zu schätzen wissen. Und ganz nebenbei, ließ sich dank der bemutternden Produktion zudem auch noch eine Handvoll Dollar sparen. Ich fand das war ein anständiger Deal, einer, die im Hinblick auf die noch ausstehende Gewinnbeteiligung durchaus meinen Geschmack zu treffen verstand.

Wiederum dachte ich mir, um bis Drehschluss einigermaßen durchzuhalten, wäre mir eine Kippe vielleicht sogar noch nützlicher. Notfalls, gerne auch im Tausch mit einem Autogram von mir, also, falls jemand so verzweifelt sein sollte und einen Wert für sich darin erkannte.

„Ey, Moment, du bist doch der Schauspieler in diesem Film, der hier gerade gedreht wird, oder?" fragte mich der Koch, der wie in einer Knastkantine darauf bedacht war gleichmäßige Portionen herauszugeben.

„*The One and Only* ...und das, wortwörtlich sogar. Ich bin nämlich der weit und breit einzige Schauspieler in diesem Film" antwortete ich ihm leicht beschämt, mit der Hoffnung, dass uns keiner zuhörte.

„Wie cool ist das denn! Ich muss schon sagen, ich bewundere Schauspieler, wie dich. So im Mittelpunkt des ganzen Spektakels zu stehen, muss doch wahnsinnig aufregend sein. Ist es nicht so?" fragte er mich.

„Ja, wahnsinnig." Im Gegensatz zu ihm machte ich mir da nichts vor. Bewunderung hatte rein gar nichts zu bedeuten. Genau diese Leute, die jeden möglichen Scheiß bewunderten, verstanden einen Dreck von dem, was sie vorgaben zu bewundern. Es war nur die Idee von etwas, mit der sie völlig überstürzt durchbrannten. Während ich nichts weiter von mir gab, starrte mich der Koch aufdringlich an. Wahrscheinlich erwartete er eine Antwort von mir zu hören, die ihm seine Vorstellung von der glamourösen Schauspielerei nur irgendwie bestätigen würde, aber den Gefallen konnte ich ihm nicht tun. Den Gefallen konnte ich selbst mir nicht tun.

„Du musst dich vor der Kamera bestimmt total verausgabt haben" sagte er dann, um das angenehme Schweigen am Chili-Stand zu beenden. „Es wäre mir eine Ehre dir ein kleines Schälchen mit dem Chili fertigzumachen."

„Spar dir die Portion ruhig für jemand anderes auf" antwortete ich ihm. „Mir ist gerade der Appetit vergangen."

„Sicher? Das hier ist nämlich nicht weniger als das beste Chili, das du in deinem Leben jemals essen wirst - falls du dich dazu entscheidest, natürlich. Und ich sage dir auch gerne warum: Dieses Chili habe ich mit der geheimen Gewürzmischung meiner Grandma gekocht. Gott hab sie selig."

„Ach ja? Anderes Thema, sag mal, du hast nicht zufällig etwas zu rauchen da?"

„Hm, an was genau hast du so gedacht?"

„Gott, bloß nur eine stinknormale Zigarette, ich muss ja gleich noch *arbeiten*, oder wie auch immer man das hier in diesen artistischen Kreisen nennt."

Der Koch lachte, als hätte er den Sarkasmus in meiner Aussage nachvollziehen können. „Ja, ich verstehe" sagte er. „Man hat dir aber gesagt, dass man hier auf dem Studiogelände nicht rauchen darf, oder?"

„Klar, ich weiß Bescheid. Ist für später." Huch, da musste mir wohl etwas entgangen sein, etwas, das einem eigentlich nicht entgehen konnte. Gewöhnte sich Hollywood etwa das Rauchen ab? Vermutlich wurde nur dort das Rauchen gestattet, wo die Tabakindustrie auch dafür werben konnte. Wie auch immer, ich machte es nicht zu meinem Problem - diesmal jedenfalls nicht.

Beim Vertreten meiner Füße sah ich, wie in dem benachbarten Gebäude Nr. 6 niemand vorgab wichtige Dinge zu tun. Dort fand ich dann auch, ohne großes Herumgesuche, einen unverschloßenen Raum, der wie eine Besenkammer aussah und beim Hineintreten, sich auch als eine solche mir zu erkennen gab. Zwar war niemand dort, der mich dabei beobachten konnte, wie ich mich unartig benahm, so gab es in dieser überaus sauberen Besenkammer ebensowenig Behältnisse, in die ich pflichtbewusst hineinaschen konnte. Die Asche auf den grauen PVC-Boden fallen zu lassen, verbot mir mein noch verbliebender Anstand. Ein Blick an die Decke offenbarte ein weiteres Hindernis, denn dort hing zu allem Übel auch noch ein sicherlich ebenso pflichtbewusster Rauchmelder.

Ich glaubte entschieden gegen so ein verräterisches Stück Plastik vorgehen zu müssen und ich wusste auch schon wie ich in ihm, entgegen aller Wahrscheinlichkeit, sogar Verwendung finden würde - wenn auch nicht die für ihn vorgesehene. Kaum hatte ich mich in Höhe des Rauchmelders auf einen der Putzeimer gestellt und die Batterie aus dem Gehäuse gefummelt, da bekam der Rauchmelder die einmalige Chance sich als

pflichtbewusster Aschenbecher zu beweisen. Anschließend, als ich das hoffentlich lästigste der gesamten
Mittagspause hinter mich gebracht hatte, machte ich es
mir auf dem überraschend vielseitigen Eimer gemütlich, also so gemütlich, wie man es sich auf einem
scheiß Eimer nur machen konnte.

Von einem Zug auf den nächsten kam in mir dabei
so ein Gefühl hoch, als wäre dieses dampfende Scheiß-
ding zwischen meinen Fingern das Beste, das mir seit
langem passiert war. Ich ließ es mir deshalb nicht
nehmen die Kippe in aller Entschlossenheit bis zum
äußersten Rand des Filters in Asche und Gestank zu
verwandeln, und das unbeeindruckt von der gar nicht
so unbedeutenden Tatsache, dass die Pause möglicherweise in Kürze enden würde, oder in meinem Un-
wissen vor einigen Minuten bereits ein Ende gefunden
hatte. Was auch immer näher an der Wahrheit liegen
mochte, so wie die Kaffeeträger hier umhergescheucht
wurden, brauchte es sicherlich nicht allzu lange, bis sie
mich wieder zurück an das Set zerren würden - und sie
würden, daran hegte ich keine Zweifel.

Während mein Beckenknochen auf dem Eimerboden
herumkratzte, warf sich mir, woher auch immer, die
mindestens genauso unbequeme Frage auf, warum ich
in diesem Film überhaupt mitspielen wollte? Ja, warum
eigentlich? Hing ich an dieser Rolle, weil ich das

Schauspiel so sehr liebte oder hoffte ich vielleicht nicht doch nur den leuchtend-grün-beschilderten Notausgang aus meiner Durchschnittlichkeit zu finden? Ob dies mein eigener, in Verzweiflung gewachsener Gedanke war, oder der, eines anderen Mannes, einer, der mir ähnlicher war als ich mir selbst eingestehen wollte, wusste ich nicht. Ich wusste nur so viel: Wenn das mit dem Dreh so weitergehen sollte, dann wäre irgendwann nicht mehr von mir übrigbleiben, als die Rolle, die ich glaubte besetzen zu müssen.

Ich meine, wenn man mal darüber nachdachte, in welcher Welt spielte ich noch immer eine Rolle und in welcher tat ich es nicht mehr? Spielte ICH, meine mimende Wenigkeit, Adamsson überhaupt noch, oder übernahm ich, ohne es so richtig bemerkt zu haben, mit dem Betreten des Filmsets sein bemitleidenswertes Wesen? Ich musste mich wohl länger, als gut für mich war, an dem überaus naiven Glauben festgehalten haben, ich könnte alles sein, wenn ich es nur mit absoluter Entschlossenheit wollen würde. Aber so wenig mir dieser Plottwist auch gefallen mochte, in mein vom exzessiven Wunschdenken abgekämpftes Fleisch brannte sich immer schmerzlicher ein, dass ich hier, in dieser heimtückischen Traumwelt, der die lohnenswerten Träume offenbar ausgegangen sein müssen, nicht wirklich etwas verloren hatte. Ich war nicht das vom Himmel gefallene Ausnahmetalent, der großartige Daniel Kosinski. Und die Rolle, die ich hier spielen durfte, und das sollte ich nun endlich kapiert haben, war für jeden, der sie zu spielen bereit war.

Also was, wenn das alles war? Oder schlimmer noch: Was, wenn das, was ich, ohne es besser zu wissen, einen lohnenswerten Versuch nannte, überhaupt nichts war? Am Ende, so glaubte ich zumindest, war es doch so, und das konnte doch das schöne am *Versuchen* gewesen sein, wusste ich wenigstens, dass selbst wenn ein Traum aus einem unerklärlichen Grund in Erfüllung ging, es einem noch lange nicht die himmlische Erfüllung versprach, die man sich womöglich zu leichtgläubig ersehnt hatte. Denn, ob man es nun wollte oder nicht, der Zauber in konventioneller Gestalt eines Traumes war wohl oder übel ab dem Zeitpunkt des Erlebens verflogen.

Aber Moment mal! Verflogen? Was waren das plötzlich für kapitulative Gedanken. Was geschah da mit mir? Fing ich etwa an die Tragik meiner wahnhaften Bestrebungen einem unrealistischen Traum hinterherzutragen zu erkennen? Ein Traum, der nicht mir gehörte, der niemals mir gehören sollte? Oder war ich bloß ein weiterer verträumter Alltags-Poet, der die Schönheit seiner Blumen zu bewundern glaubte, und im selben Moment unbeeindruckt zusah wie sie in schamvoller

Vergessenheit, von jetzt auf gleich, in sich zusammen-
fielen? Und da leuchtete es mir auf einem umgedrehten
Putzeimer plötzlich, wie bei einer gottverdammten Ein-
gebung, ein: Sie verwelkten nicht etwa, weil man ihnen
zu wenig Liebe schenkte, sondern weil es das war, wofür Blumen nunmal vorherbestimmt waren. Sie waren
darauf programmiert zu verenden, und alles, was man
als ihr stiller Bewunderer tun konnte, war verständnis-
voll hinzusehen und es in aller Liebe geschehen zu lassen. Es schien so unvermeidlich zu sein, wie die Tatsache, dass alles irgendwann zu einem Ende fand und,
ohne, dass wir es mitbekamen, woanders wieder von
Vorne anfing. Also, ich redete mir zumindest ein, dass
es so oder so ähnlich mit den Träumen für die meisten
von uns funktionierte - so funktionierte es jedenfalls
für mich.

13:43

Auf die Ankunft eines umhergescheuchten Prakti-
kanten wartete ich währenddessen vergebens. Noch
immer würdigte man mich in dieser Besenkammer
nicht eines einzigen Gedanken. Und die Kippe, die
zweifellos die Schuld an meinem kindischen Versteck-

spiel traf, war inzwischen komplett verpufft, ebenso wie die Lust mir noch weiter Gedanken über Träume zu machen, die sich im Grunde nur sich selbst erfüllten. Da mich, wie gesagt, noch immer niemand abholen kam, entschied ich mich meine *Arbeit* in Gebäude Nr. 7 ohne Fremdeinwirkung wieder selbst aufzunehmen.

Als ich auf das unverändert trostlose Set zuge-schlendert kam, zeigten sich mir die Gesichter, die ich dort vor der Pause schon umtriebig herumlaufen sah zwar in Position, jedoch sah man eben diesen Gesich-tern auch an, wie angenervt sie waren. Ich nahm an, es lag an mir oder es lag an anderem kleinlichen Kram, für den ich mich sowieso nicht verantwortlich sah. Was es letztendlich auch sein mochte, zu wissen, dass es ohne mich nicht weiter ging, ließ die in Vergessenheit geratenen Glückshormone in mir fast überkochen.

Ich meine, wozu auch diese aufgesetzte Eile, die ei-nem im Grunde doch eh wieder nichts nützte? Schließ-lich sollte doch jeder darüber im Bilde sein, dass ein Meisterwerk nicht an einem einzigen Drehtag entstand, und besonders nicht gleich am Ersten. Ohne Geduld, und wenigstens aus dieser Lektion schien ich etwas gelernt zu haben, ist nichts von Bedeutung möglich.

Wie schon am ersten Drehtag lag auch an den dar-
auffolgenden Morgenstunden, pünktlich vor Drehbeginn, ein leuchtend-rotes Heft neben der Schreibmaschine. Was sich mir dabei jedoch noch immer nicht
erschließen wollte, war, wie das Skript, in seiner kaum
zu übersehenden Erscheinung, seinen Weg zu uns ins
Studio gefunden hatte. Seltsamerweise wurde wirklich
niemand von der Filmcrew jemals Zeuge davon, wer es
in aller hoch anzurechnenden Freundlichkeit für uns
hineintrug. Sobald die ersten, von einem weiteren Du-
zend summenden Leuchtstoffröhren angeknipst wurden, lag das Heft auf dem Esstisch, und das in geome-
trischer Perfektion ausgerichtet, ohne auch nur den
erkennbaren Hauch einer abgesetzten Staubschicht.

Über solche Dinge nachzudenken, schien die anderen getriebenen Filmschaffenden jedoch nicht zu er-
müden. Sie liefen, so wie man es von ihnen erwartet
hatte, weiter brav im Takt der Produzenten. Da ich nun
wirklich nicht vorhatte, noch vor der Auszahlung einer,
so Gott wollte, üppigen Gewinnbeteiligung gefeuert zu
werden, versuchte auch ich, mit dem von oben zuge-
wiesenen Scheiß weiter zu machen, ohne dabei auch
nur eine, auf ein Stück Menschlichkeit zurückzufüh-
rende Miene zu verziehen, und das tat ich haargenau
so, wie es in den Zeilen des Skripts für mich vorgese-

hen war. Ich war der Meinung, dass die Drehtage so wenigstens mit einer gewissen Prise Konformität ein unaufgeregtes Ende finden würden - was auch, wie es sich herausstellte, ziemlich gut funktionierte. Mittlerweile bekam ich weder mit in welcher Szene wir uns laut Drehplan befanden, noch das wievielte rote Heft für uns aufgeschlagen wurde.

Alles, was auf dem Set passierte, fühlte sich jedenfalls nur noch erschreckend vertraut an, so, als wäre ich wieder dem Falten von Kleidungsstücken verschrieben. Wie schon in Kristens kleinem Höllen-Laden, glichen sich auch während der Dreharbeiten die Tage in ihrem charakterlosen Wesen und ich versuchte erst gar nicht sie der Ordnung halber voneinander zu unterscheiden. Anders, als meine alternativlose Existenz, erweckte der große Simon Petruzzi nicht zwingend den Anschein, als würde er sich sonderbar mit irgendetwas abmühen. Er gab nicht das geringste von sich, das ein Weitermachen zu rechtfertigen versuchte. Ohne ein einziges gesprochenes Wort winkte er mich auch an jenem Morgen zurück an das Set, damit ich meiner *Arbeit* nachgehen konnte.

*The show must go on, and on ...*Als müsse ich einen manipulierten Boxkampf über die volle Distanz bringen, mühte ich mich bis an meinen noch immer nicht wirklich liebgewonnenen Arbeitsplatz ab, wo das überaus gewöhnliche Trinkglas bereits in Position stand, ebenso, wie der auf den Punkt überhitzte Teller Nudeln, dessen Soße auch diesmal mehrheitlich an den Mikrowellenwänden zurückblieb. Ich muss schon sagen, als ich die Unendlichkeit in ihrer vertrautesten Erscheinung erneut so vor mir sah, kam so ziemlich alles bei mir auf, nur halt nicht die Spiellaune, die von mir sicherlich erwartet wurde.

Damit ich mir über die Sinnlosigkeit des Gesehenen nicht allzu sehr im Klaren werden konnte, wurden die Lampen rundherum des Esstisches weitestgehend runtergedimmt, sodass gerade einmal genug Licht übrig blieb, um mich in der Verkörperung des *Typen an der Schreibmaschine* in meinem eignen Spiegelbild zu verlieren. Im Gegensatz zu den vorherigen Szenen sah ich mir aber nicht in das Gesicht, das dem auf meinem Personalausweis mit abnehmendem Wiedererkennungswert zu ähneln schien, ich dachte stattdessen direkt durch mich hindurch.

Schon seltsam, oder? Irgendwie, und ich konnte es mir selbst nicht so recht erklären, musste ich daran denken, wie einfach alles, was wir mit unseren Augen zu sehen bekommen lediglich eine Reflexion von irgendetwas ist, das sein Licht auf uns zurückwirft. Ich meine, wenn man so möchte und diesen Gedanken weiter ausführt, dann sehen wir die Welt da draußen deshalb nur mit der Erlaubnis der Dinge, die um uns herum existieren. Und für manche von uns bedeutet das eben auch, dass sie nur Pappwände und Fenster aus Plastikfolie zu sehen bekommen.

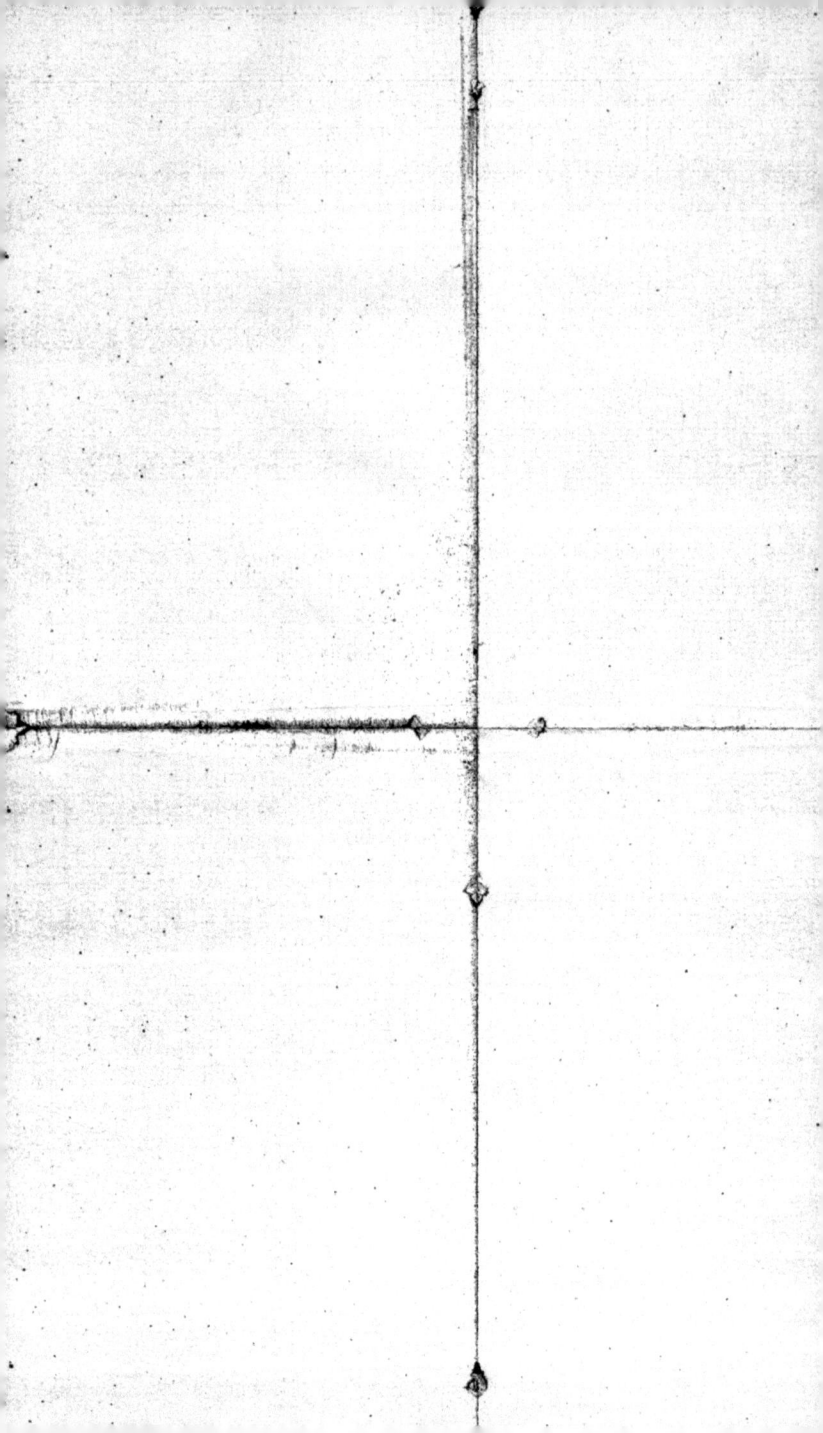

VIER

Am nächsten Morgen, als ich meine trägen Augenlider wie die Rollläden in Kristens Folterstübchen widerwillig hochzog, blickte ich in einen erwartungsvollen Gesichtsausdruck meines vermeintlich besten Freundes.

„Was machst du hier?" fragte ich ihn und merkte, wie schwer es mir fiel diese wenigen Worte durch meine scheinbar ineinander-verklebten Lippen zu pressen.

„Hah! Na sieh einer an, unserer Goldjunge hat seine hübschen Äuglein wieder aufgemacht. An deiner Stelle, Dan, würde ich mich eher fragen, was DU hier machst."

„Wieso, was meinst du damit?"

„Tut mir leid dir das sagen zu müssen, aber du liegst im Krankenhaus."

„Ich verstehe nicht."

„KRANKENHAUS. Na, du weißt schon, dort, wo die Kaputten landen."

„Soll das ein scheiß Witz sein, Matt?"

„Gott, was denkst du eigentlich von mir? Über so etwas Ernstes würde ich nun wirklich nicht scherzen. Vor einigen Stunden lagst du noch im künstlichen Koma, hingst wie Pinocchio an zig Kabeln und Schläuchen."

„Pinocchio? Scheiße nochmal, wovon sprichst du überhaupt? Wissen die vom Filmset, dass ich hier bin?"

„Hm …Hör zu, Dan, ich weiß nicht, ob das nicht noch etwas zu früh für dich ist. Ich hole jetzt besser den Arzt, der klärt das dann mit dir. Soll ich eben los und einen Arzt für dich holen?"

„Was zur Hölle ist hier los?!"

„Shhhhhh, du darfst dich doch nicht so aufregen, das ist nicht gut für's Herz. Beruhig dich doch, bitte!"

„Ich mag hier vielleicht an der Steckdose hängen, aber das wird mich bei Gott nicht davon abhalten dir die Scheiße aus den Ohren zu prügeln, wenn du mir jetzt nicht auf der Stelle sagst, was hier verdammt nochmal los ist!"

„Shhhhhhhh!"

„FUUUUCK!!"

„Schon gut, schon gut, aber zuerst beruhigst du dich, in Ordnung?"

„Wenn du mir noch einmal sagst, dass ich mich beruhigen soll …"

„Gut, ich erzähl's dir, Dan, aber ich will nichts damit zutun haben, wenn hier gleich alle Geräte anfangen zu piepen ..." Er pausierte einen Augenblick, um eine bestätigende Reaktion von mir abzuwarten, aber ich gab ihm nichts dergleichen. „Es muss so vor ziemlich genau sieben Tagen passiert sein ..." führte er fort, „da bist du irgendwann früh am Morgen, unweit von Santa Barbara, war das glaub ich, vom Highway abgekommen. Du bist mit deinem Mietwagen die Felsenküste runtergebrettert. Nicht viel mehr und du hättest mit den Fischen auf dem Grund des Pazifiks um die Wette gesoffen. Die Ärzte meinten zu mir, es wäre einem Wunder gleich gekommen, dass du den Unfall überlebt hast. Ein Wunder - das haben die echt gesagt."

„Gott ..."

„Du sagst es!"

„Scheißdreck, sag ich! Verstehst du denn nicht, wie irre das ganze ist?"

„Na ja, was soll ich sagen, ich bin halt einiges gewohnt, Dan."

„Nein, ich meine, was ist mit dem Film, der neuen Matratze? Was ist damit? Das ganze konnte sich doch nicht nur in meinem Kopf abgespielt haben. Es muss passiert sein ...wenigstens irgendetwas davon."

„Keine Ahnung, ob es an den Medikamenten liegt, die sie dir in die Arterien gespritzt haben, aber das ein-

117

zig irre, ist das Zeug, dass du gerade von dir gibst. Sorry. Und, wenn du wegen der Gesichte mit der Felsenküste schon vom Glauben abfällst, dann solltest du jetzt besonders gut zuhören. Es kommt nämlich noch viel besser ...also, jetzt nicht wirklich besser, zumindest nicht für dich ..."

„Verfluchte Scheiße, komm zum Punkt!"

„Also, laut den Nachrichtensendern ist am besagten Morgen ein defekter Satellit in die Erdatmosphäre eingedrungen und das, was auf dem Weg hinunter nicht verglüht war, schlug mit einem fetten *Bumms* direkt vor dir auf dem Highway ein. Ein Satellit aus dem Weltall hat dich vom Highway gejagt ...aus dem Weltall!!"

„Du verarscht mich doch."

„Dan, ich schwöre es dir, selbst wenn ich es gewollt hätte, wäre mein fantasieloser Verstand nicht im Stande gewesen, sich so etwas absurdes auszudenken. Aber pass auf! Das ist noch immer nicht alles. So richtig absurd wird das mit dem Satelliten erst, wenn ich darüber nachdenke, dass ich zu diesem Thema gerade erst eine Doku gesehen habe. Es ging um Sternschnuppen, und vielem anderen, was da oben so vor sich geht. Ich muss gestehen, an das meiste aus der Doku kann ich mich nicht mehr erinnern, aber ein Aspekt über Sternschnuppen, blieb, aus welchem Grund auch immer, bei mir hängen: Wusstest du, dass die gar nicht so besonders sein sollen, jedenfalls nichts, an das man seine kostbaren Wünsche richten sollte? Denn in Wahrheit sind die meisten Sternschnuppen, die wir am Nachthimmel sehen, eigentlich nichts weiter als Weltraumschrott, der beim Eintritt in die Erdatmosphäre verglüht." Ich antwortete nicht auf seinen unbeholfenen Versuch mir die Welt erklären zu wollen. Matt musste verstanden haben, dass ich ihn absichtlich ignorierte, deshalb setzte er mit einer weiteren Frage nach, um nur irgendetwas, das nach einer Antwort klang, aus mir herauszupressen: „Hast du gehört, was ich gesagt habe?"

„Ja, wusste ich." Auch wenn ich ehrlich gesagt einen Scheiß von Sternschnuppen und allem anderen, was da oben so vor sich ging verstand, so war das wenige, das ich nun checkte, was hier unten mit einem passierte, wenn eine sogenannte *Sternschnuppe* vor ein Auto krachte, das man mit einer lächerlich hohen Selbstbeteiligung angemietet hatte und nun einem den vermutlich wohlverdienten Rest gab.

„Ach so" sagte Matt begleitet von einem hörbaren Funken Enttäuschung, und das obwohl er sicherlich mit nichts anderem gerechnet hatte.

„Wirklich schön, das wir auch DAS nun klären konnten. Sag mal, würde es dir etwas ausmachen, nicht so rumzustehen, als würde dich jemand dafür bezahlen und mir helfen aus diesem verschissenen Bett zu kommen?"

„Dan ...ich verstehe, dass du hier weg willst, und das sehr gut sogar, aber ich glaube du solltest jetzt noch nicht gehen."

„Nein, du verstehst NICHT! Ich bin nicht krankenversichert, was in anderen, vielleicht verständlicheren Worten ausgedrückt bedeutet, dass ich es mir bei Gott nicht leisten kann, in aller Ruhe gesund zu werden. Ich muss hier weg, und das am besten noch bevor die mich zwingen meine Unterschrift unter etwas zu setzen, das ich sowieso nicht bezahlen kann." Wie groß war schon die Wahrscheinlichkeit, dass einem so etwas überhaupt passierte - wahrscheinlich nicht allzu groß, wenn nicht sogar einer nüchternen Null verdächtig nahekommend.

Ich meine, wann krachte schon ein elendiger Satellit auf die Fahrbahn? Und das nicht etwa auf die, des Gegenverkehrs ...nein, es musste ausgerechnet meine verschissene Fahrbahn sein. Das klang, selbst für einen aufgeweckten Tagträumer wie mich, nach einer Geschichte, die niemals hätte passieren dürfen. Ich musste wohl auf die denkbar skurrilste Weise erfahren, dass niemand davor geschützt war, eines Morgens unglücklich aufzuwachen, oder wenn es einen besonders mies erwischte, in einem unglücklich geschnittenem Krankenhauskittel.

Die Rechnung für meinen nicht bewusst ausgekoste-
ten Intensivbett-Aufenthalt musste es im übrigen eiliger
als ich gehabt haben, denn kaum schleppte ich das
Wrack eines fallengelassenen Körpers (noch immer im
Krankenhauskittel) bis an die Eingangstür meines
Apartmenthauses, da steckte bereits ein unheilvoll-fet-
ter Briefumschlag ausgerechnet in dem Briefkasten-
schlitz fest, der meinen Ärger-androhenden Namen tra-
gen musste. Ihn dort so zu sehen, in seiner großkotzi-
gen Selbstverständlichkeit, ließ mich den übelsten aller
sauren Regen heraufbeschwören, einer, der die verdammte Rechnung, die er in sich trug, noch vor dem
nächsten Posteinwurf in annehmbare Raten zersetzen
würde.

Auch wenn ich vor dem Hintergrund einer aktuell
etwas lahmen Hirnaktivität fand, dass das ein wahrlich
schöner Gedanke war, so wusste ich natürlich auch,
dass die schönsten von ihnen stets in Verzweiflung geboren waren. Denn auf Niederschlag war in einer Stadt
wie Los Angeles, zumindest in wasserbasierter Form,
genauso wenig Verlass, wie auf alles andere, das einem
dort versprochen wurde. Am Ende, und da brauchte
ich mir mit kitschiger Hoffnung keinen abzubrechen,
würde es wieder an mir hängen bleiben, oder an einer

meiner ungesperrten Kreditkarten. Bevor ich mich aber meinem unausweichlichen ...na ja, du weißt schon was annahm, musste ich sichergehen, ob dieses Scheusal von Gedrucktem ohne grobe Fahrlässigkeit tatsächlich an mich adressiert war - dem vermutlich einzigen Kosinski in ganz San Pedro und allen anderen umliegenden Bezirken. Zwar schien auf den ersten Blick alles seine Richtigkeit zu haben, so wollte ich mich dennoch nicht dem Offensichtlichen ohne weiteres geschlagen geben. Vor allem deshalb nicht, weil der mit der widerlichen Zunge Luzifers angeleckte Umschlag um ein vielfaches dicker war, als die vielen anderen vor ihm.

Getrieben von haltloser Hoffnung glich ich also Buchstaben für Buchstaben, aus denen sich der Name auf dem Umschlag zusammensetzte, mit dem Namensschild an meinem Briefkasten ab. K-O-S-I-N-S-K-I. Wie irgendwie zu erwarten war, befanden sich alle acht verräterischen Buchstaben, die sonst gerne Verwirrung stiften konnten, an der von meinen Vorfahren vorgesehenen Stelle. Da sich die Aasgeier vom Krankenhaus eher um einen korrekt ausgefüllten Überweisungsauftrag, als um mein Wohlergehen zu scheren schien, hätten sie ebenso ein „Kosinski, Sie sind G-E-F-I-C-K-T" auf den Briefumschlag schreiben können, und ich hätte mich von ihm dadurch nicht weniger angesprochen gefühlt.

Mit dem kaltherzigen Boden der Tatsachen nun wieder unter den Füßen und dem fetten Miststück unter die linke Achsel geklemmt, rammte ich blind irgendwelche losen Schlüssel, die ich in meiner Hosentasche finden konnte, wie ein dementer Hausmeister, abwechselnd in eines der drei eigenwilligen Schlösser. Nach einer Weile, als keiner von ihnen zu passen schien, fiel auch meinem vom Koma zurückgebildeten Gehirn wieder ein, dass nur eines der drei Schlösser dazu bestimmt war zu funktionieren. Die anderen beiden sollten mir, oder sonst wem, dem es etwas nützte, das vermeintlich wohlige Gefühl von Sicherheit vermitteln.

Einen hinzuaddierten kräftigen Tritt ins untere linke Eck, mehr brauchte es am Ende nicht, um voller Abscheu in das hineinzublicken, was ich bereits unzählige Male zuvor gesehen hatte. Widerstandslos ließ ich das gefaltete Ungetüm auf den mehrfach aufgeschichteten Vinylboden krachen, das in ihm kleine, aber gut sichtbare Wellen erzeugte. „Faszinierend ist es ja schon irgendwie, wie schnell aus einem *nie wieder* ein *immer noch* werden konnte" dachte ich, als ich mich im selben Moment auf einen, der zwei Stühle am Esstisch fallen ließ und von dem bescheidenen Vorhaben angetrieben wurde, das *Offensichtliche* in meinem Einzimmerapartment zu genießen.

Und dann, ohne, dass ich es erwartet oder es nur im entferntesten für möglich gehalten hatte, zeigte sich mir ausgerechnet dort, in diesem öden Mikrokosmos etwas, das nicht weniger war als ein weiterer geschenkter Tag an dem ich gottverdammtes Sonntagskind leben durfte, oder, wenn man so möchte, in meinem ganz eignen Stil schleichend dahinstarb. Also, wenn mich das nicht zufriedenstellte, was verfickt nochmal dann.

19:06

...